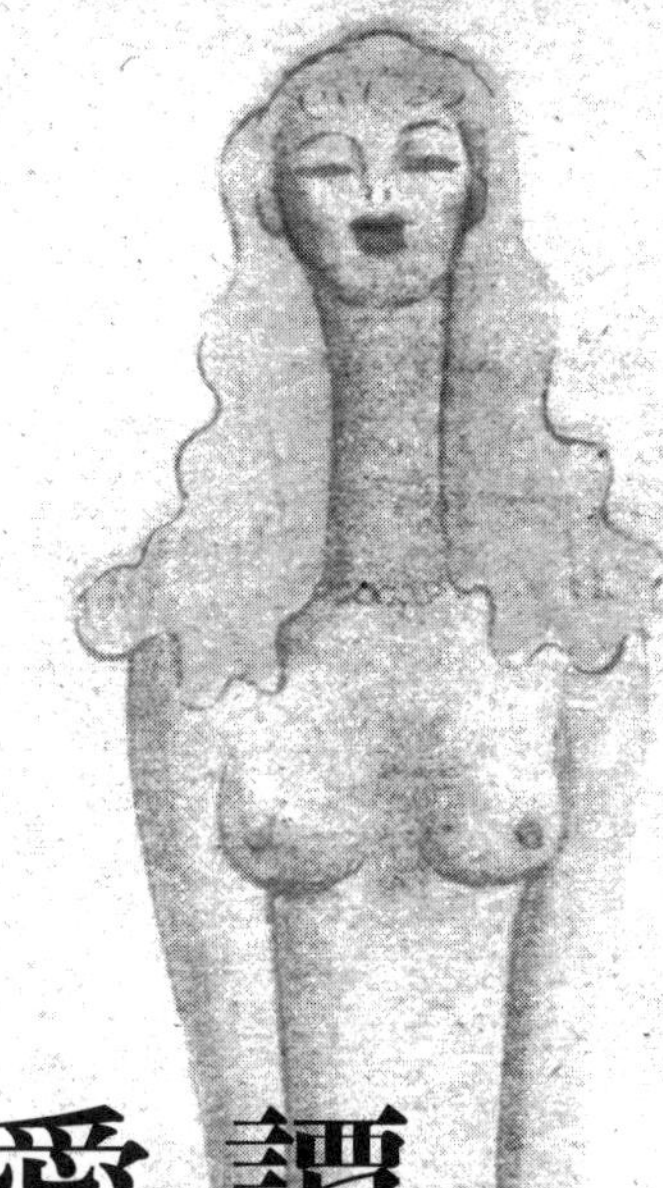

mes plus belles histoires d'amour

戀愛譚

ren ai tan

東郷青児文筆選集

野崎泉・編

創元社

Seidi Togo

装画　東郷青児
装釘　堀口　努

寄稿

恋愛を人生の総てと考える人々

小西康陽

東郷青児の文章を知ったのは、『手袋』という戦前に出版された本のことをどこかで読んだからだった。

あるレコードや本の存在を知って、実物を見てみたい、いつか手に入れてみたい、と考えた直後に、そのものにめぐり会い、簡単に手に入れてしまう、という幸運に恵まれたことがいままでに何度かあったが、この本もまたそんなふうにして出会った。件の本は自分の家から歩いていける距離にある古書店に眠っていた。

もちろん画家である著者によるたくさんの挿画が散りばめられた美しい本、

ということで興味を抱いたのだが、すっかり魅了されてしまったのはその文章だった。

男女の恋愛の駆け引き。ただそのことばかりを、フランス語や英語を散りばめながら、淡くカラフルな筆致で書いている。何よりも魅力的だったのは、そこに描かれているラヴ・アフェアが著者自身の体験した実話とも、まったくのお伽話とも受け取れる、虚実を曖昧のままにしているところ。

こんなにしゃれたコントが、こんなにしゃれた書物が、戦前の日本で作られていたのか、という驚き。もちろん、文中には当時の世相を物語る生々しい伏せ字も至るところにあるのだが、美しい挿画の中の女たちは、そんな不粋な扱いなど鼻の先で笑っているかのようである。

自分はまず何よりも先に『青インクの東京地図』に始まる安西水丸氏の、一連の短編小説を思い出した。それはやはり虚実の境目が定かではないスタイルで、著者と女性との関わりばかりを書いていて、一時期、自分はこの人の書くものを追いかけていた。もしかしたら、画家の書く文章にはひとつの系譜のようなものがあるのだろうか、と考えたのだが、少なくとも安西氏は東郷青児の文章を読んでいたのではないか。

その『手袋』という一冊だけで、自分はすっかり東郷青児の文筆作品に夢中になり、『戀愛株式會社』や『カルバドスの唇』『ロマンス・シート』などの古書をけっして安くはない値段で買い求めては悦に入っていた。

けれども、戦後に出版された『新男女百景』などの作品を読んだときには、落胆も大きかった。もはや、そこにはかつての『手袋』にあった、北園克衛の詩作にも通じる透明なタッチなど微塵もなく、まるで三流の風俗雑誌に掲載された記事のごとき安っぽい話ばかり。なのに、たとえば銀座や新橋の街角で美しい女と偶然に遭遇する、といった、かつて自分が書いたストーリーを模倣するような場面がところどころにあって、そこで自分の熱もすっかり冷めてしまった。

だが、そんな戦後の一時期といえば、洋菓子店の包装紙などで大いにその絵画のスタイルを大衆に売っていた時代。東郷じしんも、自らが画壇の大物であることを認識していたに違いなく、こうした自己模倣、あるいは作品の極端な大衆化は半ば意識的に行っていたことなのかもしれない。

青年時代の東郷の文章に繰り返し、繰り返し登場する、経済的な困窮のこと。東郷青児のような人間にとって、人生には女の美しさ、男女のロマンスの他に価値のあるものなどない、という考え方と、貧困に対する憎しみとは、つまり表裏一体なのだ。快楽のためなら、芸術を表現を安手に売り渡してしまっても良いのか、と詰る人もこの世の中にはいる。だが、そんなことを言う人々は、恋愛の本当の素晴らしさ、尊さ、哀しさ、世界の風景がすっかり変わってしまうほどの恐ろしさというものを理解していないのだ。歯の浮くような文章の向こうに、美に生きるもの、恋愛を人生の総てと考えるアウトローとしての覚悟のようなものを、自分は見出す。

ここまで書いていて、先程から頭の中で数年前に観た二本の映画が甦る。ひとつは千葉泰樹監督の『女の闘い』という映画。木暮実千代と高峰三枝子という二人の美女を毒牙にかける色悪の画家、河津清三郎。あの役どころは誰がどう見たって東郷青児ではないか。そしてもう一本は溝口健二監督の『歌麿をめぐる五人の女』。美に生き、色事に人生を賭ける主人公。いや、主人公・喜多川歌麿のみならず、登場人物が揃いも揃ってそんな世捨て人ばかりの、退廃の極みのような、けれども不思議なユーモアに彩られた映画。ちょっと余談が過ぎました。

さて、そんなわけで、ここに収められている東郷の文章は、いわば「酸いも、甘いも」の甘い方ばかりということになる。この編集方針を自分はたいへんに嬉しく思う。

とりわけ、いくつかの初めて読む文章には感服した。「東京の女」という短い詩が素晴らしい。自分が学校の教科書を編む立場にあるならば、この作品を国語の、もしくは美術の、あるいは家庭科の教科書の最初のページに置くことだろう。吉田健一の「戦争に反対する唯一の手段は、各自の生活を美しくして、それに執着することである」という文章があるけれど、この「東京の女」という詩は、その軽薄にして真摯かつ切実なヴァリエイションだ。

正直なところ、自分には東郷青児の美術作品が現在ではどのように評価されているのかはわからない。否定的な意味を含めて言うのではなく、本当に美術の世界のことは知らないのだ。けれども、この人の文章はこの先、新しい読者によって親しみ愛されるだけの価値を有していると考える。とくに素晴らしいのは、こういう話なら自分にも書けるのではないか、と思わせてくれるところ。

久しぶりに「安南娘アンドレ」という短編を読んで、そうか、外国生活において東郷は自分のことをセルジュと呼ばせていたのか、と笑ったが、この作品の締め括りの文章など、やはり憎らしいほど気障で素晴らしい。これからの若い青年はみな東郷青児に憧れて、誰も等しく女の敵になればいいのだ。戦争抑止力とは、つまりそういうものではないか。

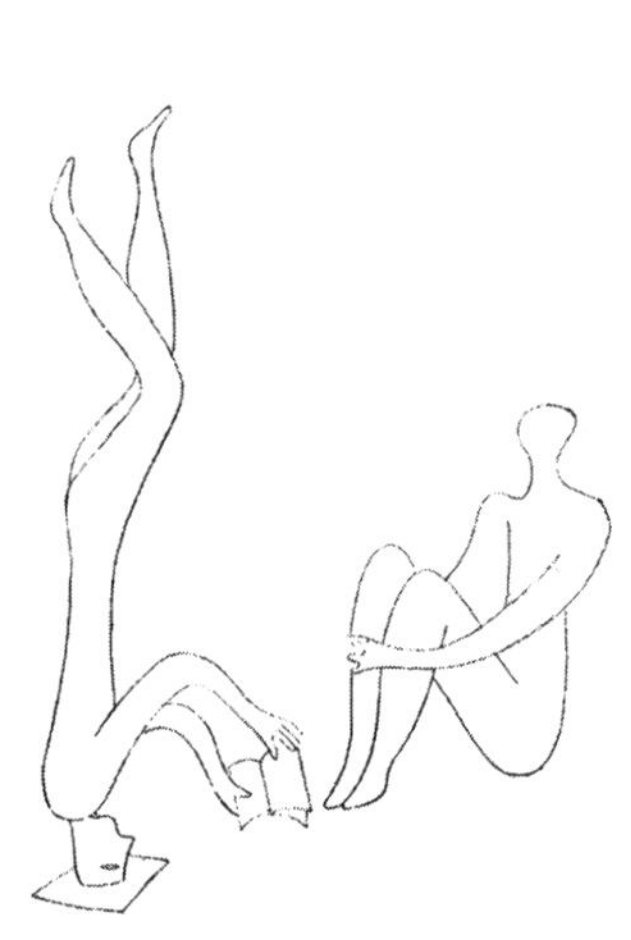

戀愛譚　東郷青児文筆選集　目次

II

凡例

一、本書は、東郷青児による既刊単著および単行本未収録の文章の中から、作品を精選し収録したものである。

二、各作品の表記は、作品の趣をできるだけ損なうことがないよう原則底本(二四六頁参照)のままとしたが、一部の作品は現代の読者への配慮および作品の性質から、著作権者と協議の上、以下の要項で表記を整えた。

(一)原則として旧字体を新字体に改めた。

(二)作品によって現代・旧仮名づかいが混在しているが、底本掲載時に旧仮名づかいの文章はそのままとした。

(三)著者による用例のない造語や発音が見られるが、原文を尊重し、そのままとした。

(四)同一文章内および本書全体での漢字や送り仮名等、表記の統一は行なわない。

(五)明らかな誤植や脱字と思われるものには訂正を施した。

(六)注やルビの追加などの処理を施した。

(七)以上のとおり、表記の整理は原文を尊重して一定の枠内に抑え、いたずらに改変は行なわないこととした。

三、底本収録の図版および未収録の図版にかんしては、著作権者と協議の上、再編集して一部を掲載した。

四、本文中には、現代の社会通念に照らして不適切とされる表現も見られるが、作品の歴史的価値と原文が書かれた時代背景や、著者が故人であるという事情に鑑み、そのままとした。

戀愛譚　東郷青児文筆選集

常若の乙女

私はものおじしない女が好きだ。

あらゆる善悪を明るい目で見て、
常に勇気のある女が好きだ。

いつも青空のやうにひろびろとした心を持ち、
暗さ悲しさをその輝きで
何気なく消して了ふやうな女がすきだ。

智慧の首かざりも、思想の眼鏡も
何処か目だたない片隅にしまつて置いて、
胸をひろげ、こだわりのない愛情を

心一杯に持つてゐるやうな女がすきだ。
常に美しい花に包まれてゐるやうな女がすきだ。

I

四つ葉のクロバ

貸別荘の庭にはクロバが繁茂していた。ある朝、その貸別荘を下検分に出かけた私は、庭の隅でしきりに捜しものをしているらしい女の子を発見した。馬鹿に熱心で、低い生垣を跨いで、すぐ脇に立った私をまるで気づかないらしい。

「何かなくしたの？」

ひっそりした空気にとけこんでいたらしい女の子は、びっくりして立ち上がった。

「驚くじゃないの、いきなり声をかけたりして」

「馬鹿に熱心だね、捜しもの何、手伝ってあげようか」

「空屋の庭で真珠でも捜してると思うの」

「まさか財布じゃないだろう」

女子の子はふんと小鼻をしかめ、左手を私の眼の前に突き出した。

「なんだい、それは」

「四つ葉のクロバよ、九時から捜して五つしか見つからないの」

「馬に食わせるのかい」

「意地悪！」

女の子はいきなりひょっとこのように口をにっと突き出し、そのままばたばたと逃げて行ってしまった。

私は次の日曜日に、ひとり身の気軽さから、小型のトランク一つ持ったなりで、その貸別荘に移って行った。二階に上がって遠くに海の見えるガラス窓を開けると、又いつぞやの少女が庭の真中にしゃがんでいる。

「ハロー、この前のお嬢さん！」

女の子は声の方角に迷ったらしく、あたりをきょろきょろした。

「ここだよ」

私はこう怒鳴ると、階段を大股に飛び降りて、テラスの方へ出て行った。

「まあ、空家の中なんかで、何してたの」

女の子は詰るように私につめ寄った。

「昼寝してたんだよ」

「どこから這入ったの。番人が来たら怒鳴られるから」

「君だって人んちの庭に這入り込んでるじゃないか。四つ葉のクロバ、あんまり馬に食わせると尻尾がぬけちまうぜ」

「馬鹿、馬鹿、あの人、馬じゃないわよ。二十四めっけて、あの人にやるの」

「何故二十四なんだい?」

「あの人の年よ」

「君の恋人?」

「うん」

「生意気だね、子供の癖に」

「もうじきここへ来るの、邪魔よ、ここに居ちゃ」

「おや、おや、まるで自分の家みたいなこと云うね」

「だってここで逢う約束なんですもの」

「解ったよ。帰るよ」

私はこの前と同じように、生垣を跨いで外に出た。

「ねえ、別荘の中に這入れる?」

「ああ、玄関が開いてるよ」

女の子は何を思ったか、出て行く私にこんなことを云った。

私が近所を一廻りして、別荘の二階にもどると、窓越しに白い服を着た青年と、先刻の少女が腕を組みながら、テラスの方へやって来るのが見える。二人はテラスをぬけて、玄関に廻り、ナップをがちゃがちゃさせてから、忍び足でこの二階へ上がって来るらしい。私は咄嗟にトランクをベッドの下に投げ込み、洋服戸棚の中に姿を隠した。

「大丈夫かい？　番人が来たら大変だぜ」

「番人は郵便屋さんよ、一日郵便を配って、夕方にならなきゃ見廻りに来ないわ」

「海が見えるね」

「窓しめましょうよ」

それから二時間も、戸棚の中の私は息を殺し、戸棚の中の闇に連想の花を撒き散らし、途切れ途切れに聞えて来る乱れ髪のような物音に耳を澄した。

私はその貸別荘を、たった一と月だけ借りて、少し込み入った調べものをする予定だったのである。しかし、食い違いの生じたスタートが、私を宿なしのろくでなしに仕立ててしまったから、私は私の借りた貸別荘を、飽くまで空家らしく見せかけることに苦心し、いつも窓を密閉して、地蟹のような日を送った。
最早女の子は四つ葉のクロバを集めようとはせず、ある時は一足先に私の寝室である彼女の部屋にこっそり這入って来た。私はベッドの真向いにある袋戸棚の中に身をこごめ、戸の隙間から、あの子供っぽい女の体が、別人のような艶めかしさをさらけ出して、飽くこともなく鼻を鳴らす激しい媚態にじっと固唾を飲んだ。

予定のフーゴー・ド・フリース[1]はトランクの中に、馬鹿な私は袋戸棚の中に、泥棒の神経とくらげをこね合わせながら、止め度ない秘密の波に巻き込まれてゆく。

二十日目頃から女の子の足が途絶えた。

私は窓を開け、遠くに見える海を恋し、寝汗のような伝説を振り捨てて、海に出た。海は広々として、袋戸棚の隙間から見下ろした夢を鵜飲みにする。私は胸を張り、フーゴー・ド・フリースに熱情を感じ、海気と人生のすがすがしさにあらゆる誇りを感じ始めた。

しかし、ある朝、ホテルのフロントであの女を見かけた。着飾ったお嬢さんが母親らしいのと歩いて来る。母親の後から、眼ざとい娘がさっと手を上げた。

「あんた、ここだったの」

その日の午後の私の部屋。

「あら、原稿書いてるのね。あたしあんたを宿なしのルンペンだと思ったのよ。ごめんなさい。だってあんな空家で昼寝してたなんて云うんですもの」

「ほんとなんだよ。ルンペンなんだよ。あの別荘は具合が良いから失敬しようと思ってたんだが、お化(ば)けが出るんでね」

「まあ」

「男と女のお化け」

「見たの?」

「うん、夢を見たんだよ。うなされて窓のところへ飛び出して、遠くの方を見たらここの海が見えたんだよ。だからここにいるのさ」

女の子はしとやかにチョコレートを喰べ、しとやかに帰ってゆく。

その翌日、ホテルのボーイが紙包を持って来た。開けて見ると私のフーゴー・ド・フリースである。トランクに入れたまま別荘のベッドの下に投げ込み、そのままここに移ってまだ開けて見ないフーゴー・ド・フリースの原書。私は驚いてトランクを開けて見ると、たしかに入れたはずのものがここにはない。

抜かれたとすれば袋戸棚の眼を盗んで、あの別荘の寝室で抜かれたことになる。
私は呆気に取られ、ぱらぱらとページを繰ると、中から青いものがこぼれた。
見ると四つ葉のクロバである。しかも二十四の四つ葉のクロバ。そして本の扉に、

4×24＝96（大凶）　馬の尻尾を抜いた女より

とあった。

その日以来、私はフーゴー・ド・フリースを捨てて、この難解な呪文を解こうとしている。解ける人があったら教えて下さい。

LE CŒUR

cœur d'
un homme
sain

cœur d'un
homme
amoureux

窓から飛下りた薔薇

樹里が街を歩くと男たちがびつくりして立ち止る。立ち止つて穴のあくほど彼女の顔を見つめるのだが、何故こんなショックを受けたのか結局解らない。何時までも、何時までも後をつけて来る男もある。だからといつて自分の気持をどう表現したら良いのかかつづまりがつかず樹里の姿を人混みの中に見失つて了うのである。

一眼見て、はつとするようなものが樹里にはあるのだ。

少しおでこでまつげが滅法長く少しあおざめた顔が清冽(せいれつ)の気を感じさせる。それでいて、しやくれた鼻と、分厚いくちびるが全体の冷たさとは正反対にいんぽんないたずら気をこぼれるほど発散し、行きずりの男をうん、とうならせるのである。

美人かと云うと、そうでもない。不美人かと云えば不美人なのだが、この不美人にならどのような男でも情熱をたぎらすだろう。

あるいは体かも解らない。

ぽつくりと盛り上つた二つの乳房が、歩くたびに、踊るのは別として、くびれた胴からものう気にひろがつた腰のふくらみには眼を見張るだろう。その広さの中に海あり山あり、谷ありして、男を迷宮の内にさそい込んで了う。

早い話が色気たつぷりな処女、又は色気を解した処女とでも云うのだろう。仏蘭西風に云えば芥子の利いた砂糖菓子である。

私も街角でしばしば樹里の姿を見た。

私もはつ！　と射すくめられるような霊気を彼女に感じ、思わず立ち止つてうなるのだが、そのうなりが何処から来るのか何時までも解らなかつた。

九時過ぎの銀座はもうところどころに闇の流れが押し寄せて来る。

踊場からサキソフオンの色きちがいのひきつつたような節が聞えて来る。

その闇をジープのヘツド・ライトが鋭く引き裂いたのだが、引き裂かれた光ぼうの中に、思いがけない樹里の姿を浮き出した。

街路樹を背にして、高い窓をじつと見つめている樹里の姿だつた。

私も引き込まれて樹里の視線を追い、高いビルの高い窓を振り仰いだのだつたが、その瞬間一つの窓に灯がともり、その窓がぱつと開くと、白いシヤツの男が樹里に手を振つたかと思うと、まるで水泳のダイビングのように、空間に体をおどらせたのである。

男の体を包んだ白いシャツが、始めゆるやかな弧線を描いたと思うと次の瞬間には、つぶてのような早さで樹里と私のすぐ目の前へ落下して来た。

あつ！

と思わず私は声を立てたのだが、樹里はあらかじめ予期したことを見届けたくらいの感じで街路樹を離れると私に背を見せたまま向うの闇にすたすたと歩き出した。

私は後を追つたのである。

人通りのとだえた舗道にはだれもこの惨事を知る者が無い。

早足で追いついた私は樹里の肩をたたいて、

「お嬢さん、あんたに話したいことがある」

といつた。

ところが実にあでやかに、彼女はほお笑んだのである。

そして「お兄さん、私も今夜泊るところがないのよ」

といつて、いきなり、私の腕を取つたのである。

私はその晩十六の樹里を郊外のホテルに連れ込んだ。特別、普段のきばを研いだ訳でもなかつたが、この娘のかげにある異常さに焼きつくような好奇心を燃やしたのである。

ホテルの小さなベッドの上に丈の短いシユミーズで腹ばいながら、

「あの人、リッツでお夕飯を御馳走して呉れたの、お酒を飲んで、とても上機げんなあの人が、何んでもほしいものをやるっていうから、バラの花がほしいというと、そんなら星のビルの下で待つておいで、おれの部屋は七号だから、部屋の窓から投げてやるつていつて、ビルの階段をかけ上つて行つたのよ。七階の窓からバラの花を投げてもらうなんて、随分綺麗だなと思つて空を見上げていると、あの人飛び下りて了つたの」

話はこれだけなのである。

「きつとばらの花が無かつたもんだから、自分でばらの花になつたんだろう」

私はこういつて、相変らず、澄切つた不思議な少女の瞳を見つめ、男の情よくをかきたてながら近寄り難い純潔さで一分のすきもみせない少女の体をベッドの上に寝かせてやつた。

あつけないラブ

私は一人の美しい娘さんを知つていた。

瀬守あやと云うその娘さんが一体何処でどうして、暮していて、何をしている女なのか私は少しも知らなかつた。何時も微風に波打つているような柔らかい髪と、まつ毛の影が黒い蝶々のように静かに閉じては開く大きな眼と、口紅を塗らなくてもさくらん坊のように赤い唇とを持つていて、とても素速い動作で私の精神に喰い込み、何時も何時も私の体の何処かでだだをこねているような娘だつた。

大体そもそもの出逢いが風変りで、一体あれはほんとのことだつたのかと、今でも考えさせられるのだが——。

ある日、銀座の雑沓の中で、いきなり私の後から駆け寄つて、

「少しの間一緒に歩いてね。変なのにつけ廻されてるの」

と、その瀬守あやが私の腕を取つて、ぐんぐん雑沓の人波を押し分けて歩き

出したのである。

めん喰らつた私は、返答のしようもなく、このちんぴらな小娘に引きずられたのであるが、ありようは、開いた口にぼた餅で、たつた一人のそぞろ歩きは、要するに漫歩不善とか、すれ違う娘たちを、あれこれと目まな空想の相手に物色して、けしからぬ画面を塗つては消し、塗つては消ししていた最中なのである。

「君みたいな綺麗な娘が、一人歩きすれば、どんな男だつて後をつけて見たくなるよ」

と、私は自分の心境に一人で赤面しながら、お座なりの口説を、ついうかうかと吐いて了つたのである。そして、コロンバンの二階にその子を連れ込んで、珈琲を飲みながら、たくまずして美事な花束を胸に抱きしめた自分の立場を、にやにやと愉しみ、追つて振られた間抜け男は何処の何奴だ！　と、窓下を通る男共を勝誇つたルネツトで眺め下ろしたのである。

「二時にお友達と日比谷で映画を見る約束なの、もう三十分しかないわ。送つてつて下さる？」

それで、私は再び彼女の腕を取つて、裏道を通り、彼女が待ち合せると云うライブラリーの前まで送り届けたのである。

彼女の待ち合せるお友達が、男だつたら、徒らな刺戟を売るように、私をライブラリーの前まで送らせなかつただろう。——相手は同じような年配の娘だと、私は何時の間にか信じ込んでいたのである。

私はこの娘さんの、そこはかとなく吹く微風のような感情にすつかり捉われて了つた。

「一寸買物に行きたいから一緒に散歩して」

と云うような電話が、その後たびたびかかつて来たが、どんな仕事でも投出して、約束の時間に約束の場所へ駆けつける熱心さを持つていたが、この娘さんの、あまりにものにこだわらない心の動きに押されて、私らしく女を腕の中にたぐり込む、何時もの手段がすつかり封じられて了つたかのようだつた。

この娘さんが、ある晩、突然、私のアトリエにやつて来たのである。そして一言も口を利かないで、いきなりアトリエのソフアーの上に横になると、両手で顔を押えて、さめざめ泣き出したのである。なだめすかして、訳を聞き出そうとしてもただ泣くばかりで、きりがない。私はあきらめて羽根ぶとんをかけてやり、髪をなでてやつて寝かしつけたのである。そしてそのまま、私のアトリエに住み込んで了い、私は、私のアパートに寝泊りして三度の食事を運んでやることになつて了つた。着のみ着のままの彼女に洋服を作つてやり、靴をはかせ、洗つてやり、磨いてやつて、この得体も知れぬ愛情を心の奥の奥にじつと隠している娘さんに、何もかも占領されて了つた。

「あんた僕のお嫁さんになる気?」

しかし、彼女はモナリザのような微笑を私に投げただけで、この言葉に特別な関心を持つ様子もなかつた。

彼女はアトリエのテラスに出て唄を歌つたり、芝原に籐椅子を出して午睡をしたり、そうかと思うと、おめかしして、私のハイヤーを呼んで何処かに出かけたり、夜遅く帰つて来たり、朝アトリエの戸をノックしても昼過ぎまで開けて呉れなかつたり、その間私は入口の石段に腰かけて中の物音に耳をすましたり、このような関係が随分続いたのであるが、ある晩、今夜こそはと、暖炉を暖めて待つている私を残したまま、飛び去つた小鳥のように、もう帰つて来なかつたのである。

私は今、彼女の記憶をたどつて、美しい裸婦を描いている。その後、西銀座を疾走するジープの中から白い手で合図したのが彼女だつたと思いたくない。
彼女のはき古した靴が、今でもアトリエの片隅に置いてある。

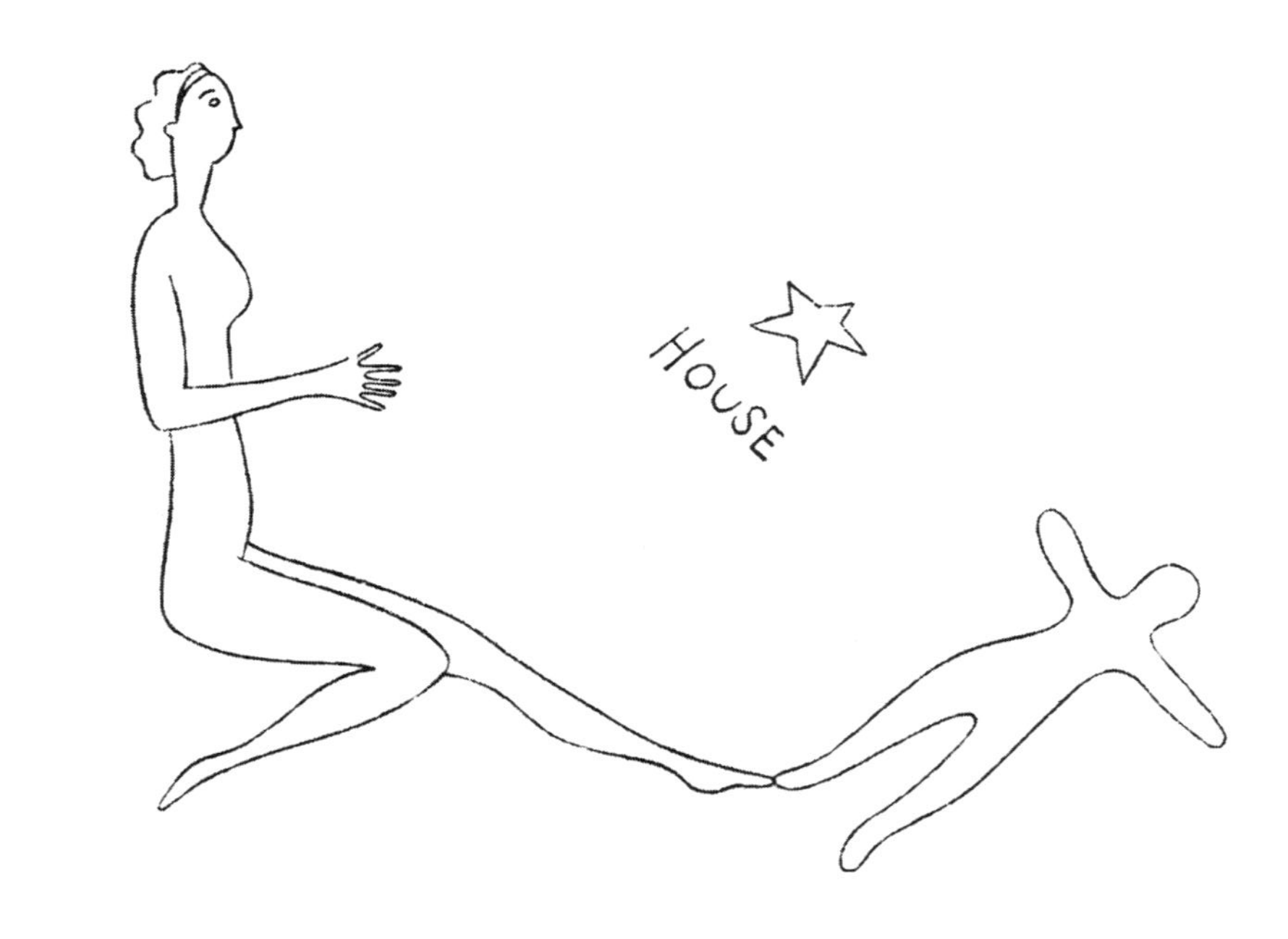
HOUSE

星のハウス

「こんな春はまたとない」

アド・バルンの広告文字が少し煙つた空にゆらゆらとゆらめいてゐる。流行歌の題だ。しかし私は、お目出度くうなづきながら、「またとない春」の中を泳ぐ心地で銀座をぶらついてゐる。うす色の女の襟巻がなまぬるい風に弄ばれて、いたづらつぽいささやきが耳につく。よく磨いた靴、折目のきちんとしたズボン、こんな場合にはどんな男でもパリ一の伊達男になつたやうな気がするものだ。煙草を吹かしてステッキをかかへる。――その時、いきなり私の肩をたたいた者がある。

「まあ、黑田さんね。あたしとても確信があつたのよ。ね黑田さんでせう」

小さな女の子だ。女学校のユニフオームを脱いだばかりのふくらみかかつた乳房と、浮気つぽい睫毛を跳ねかへした瞳が、あらゆる人生をくすぐつてゐる。

「きつとさうだと思つたんで、さつきから後つけて来たのよ。モナミでポテト・ケーキめしあがつたわね」

私はたうとう吹き出してしまつた。

赤い桜ん坊のやうなおちよぼ口が私のネクタイピンを曇らせる。だが、弱つたことには人違ひなのだ。恵まれざる人違ひ……明るく晴れた麗らかな午後をただぽかぽかと歩き廻つてゐる私の心理――今さらいひわけの言葉を考へるまでもない今私の眼の前にゐる新しいゴムまりのやうなお友達がなんとなく欲しかつたからなのだ。

しかし、思ひ切り開いた大きな眼が、どういひ分けをしても私の毛頭関知しない黒田といふ人物に私を仕立ててしまつてゐるとしたら。

「何故僕が黒田だと思つたの」

「だつてあんたあたしにポテト・ケーキ贈つてくれたでせう。それからあんたの写真も知つててよ。帽子を眼深にかぶつてるから半分しかわかんないけれど、洋服がやつぱりチエックで手袋に白い筋が這入つてゐたわ」

私はここのところで少々変な気がした。ステーッソンのソフトを眼深にかぶつて、チエックの両前を着て、ローレンスの白筋入り手袋をはめた男といへば現在女の子の前で呆気にとられてつつ立つてゐる私自身の風俗ではないか。

「逢ひたかつたわ……」

　こんな春はまたとない――アド・バルンの文句ですつかり気分を出してしまふやうな他愛なさだから、たちまち有頂天の私である。名前も知らない初めての女の子が私の腕にぶらさがつた。なまぬるい風。私はもうステーツソンのソフトを眼ぶかにかぶつた黒田になりすましてどこへでも行く気なのである。

　私はしばらく町を歩いて、あまいお茶を飲んで、町の四つ辻で自動車を拾つた。

「活動見に行きたい？」

「もうみんな見ちまつたのよ。お茶を飲んで活動見物して……馬鹿に定石ね」

「定石がいやなら単刀直入だぜ」

「切られて見たいわ」

　まだもみあげのそろはない女の子が馬鹿に味な返事をする。

　レモン・テイは味がなさすぎるのだ。私は冒険心に燃えてゐる。小さな肩にがつちり手を廻すと、ボックスの中がうす暗くて女の息がはずんだ。

「あたしがいいとこに連れてつてあげるわ」

女の子は急に立ちあがると私の耳にあつぼつたい息を吹きかけて手を引いた。

自動車が走る。

鳥籠をさげた「青い鳥」の少女が、いつの間にか私の魂をゴム風船のやうにふくらましてゐる。いまにもパチンとはじけさうな私の胸。女の子はあみだにかぶつたベレーの頭を空気枕のやうなその胸にもたせかけて鼻をならしてゐるのだ。

「そのダイア、あの手紙に書いてあつたダイア?」

「ああ」

「あたしにくれるつてほんたう」

私はぐつとつまつてしまつた。私が今身替りになつてゐる黒田といふ男はよほど甘ちやんで、ダイアをやるなんて事を手紙に書いたのだ。

「しかしこれはネクタイピンだもの」

「指輪にしなさいつていつたくせに」

「少し小さすぎやしないかな」

「あたしの手小さいでせう。だからそのくらゐが丁度よくつてよ」

女の子はゑくぼの四つある小さな手を私の前につき出して、ぱつと花のやうに拡げて見せる。私はその手くびを右手でつかんで、砂糖菓子でもしやぶるやうに一本一本をしやぶり初めた。ダイアは私の伯母さんがシンシナで死んだ時の形見分けで少し前日本の私に届いた品である。銀座の有名な宝石商に見せると八百円ぐらゐならすぐにでも引き取りさうなことをいふ。だから時価の相場にしたら千円位の値うちはあるものだらう。私は甘ずつぱい味のする女の指をくはへながら、その先きでちかちか光る桜貝のやうな爪を軽くもてあそんだ。

「無論あげるさ。こんな可愛い手のお嬢さんが、僕のいふことなんでも聞くつていふんだからね」

「まあ嬉しい」

女の子は組み合せてゐた足を跳ねあげるといきなり私の頸(くび)にかじりついた。

「あとでも一遍銀座に出て、御木本(ミキモト)で指輪に作り替へさせよう」

もうその時自動車は、郊外の青い植込みを分けて文化住宅の散在する青空の下を走つてゐる。

「ずゐ分遠いんだね、君のいいところつていふの」

「もうそこよ。ほら、あすこに二本大きな杉の木があるでせう。あの赤い瓦があたしのアパアト」

「君一人で住んでんの」

「無論よ。桜草の植木鉢が窓わくにのせてあつて、ポータブルの蓄音器がマイ・スウヰート・ベービーを唄ふの。兄さんは日曜日に来るのよ。日曜はどこでもお休みでせう」

「素敵だね。あとの六日が君のお休みつてわけなんだらう」

「まあひどい、あたしの兄さん学生よ」

檜葉（ひば）の生垣のはづれに白いペンキの木柵があつて「星のハウス」と書いてある。

私はこぢんまりした女の部屋で桃色の空気をぐつと吸ひ込んだ。砂金のやうな太陽の光が晴れた空をガラス窓に染めて、なんといふ明るさの中に彼女の肌を見ることだらう。
[2]××私がもし、あの銀翼を張つた飛行機だつたなら、彼女を両腕にかかへたまま、ガラス窓をつきぬけて、あの青空を飛び廻つたらう。青空の洪水に浮き上つた彼女のベッドは私を夢中にさせる。
「あれは伝書鳩でしよ」

しかし私は、青空の中に浮き出したガラス窓から私の熱つぽい××××××××××××××××××××××××××××××

それから四時間くらゐたつた夕方の銀座を私はも一度彼女と散歩してゐる。

女の子は少し疲れた後れ毛を汗ばんだ額にからませて私の顔を見つめた。

「ユー・アル・ア・ノーテイ・ボーイ」

私は威勢よく御木本のドアを開ける。

しかし、見ず知らずの女の子と青空に浮いた「星のハウス」で結んだ夢が、ネクタイピンを指輪に早変りさせるといふ帰納はどうも気が進まない。いくら甘美な彼女の肉体の代償だからといつて、遠いシンシナで私を思ひ出してくれた、伯母さんの好意をそれに替へることは気が進まない。

甘ずつぱい味のする小指。彼女はまたその指を私の前につき出しながら、くすぐつたい店員の横顔をいたづらつぽい眼でからかつてゐる。

「ぢやあ、出来あがつたらこのお嬢さんに渡してくれ給へ」

この場合ひどく鷹揚な紳士である私は煙草に火をつけながらゆつたりと店を出て来た。それから、拳闘大会に行く彼女を日比谷の角まで送つて、彼女の姿が見えなくなると、すつかり勝算のついた私は北叟笑みながら今来た道をぶらぶら引きかへした。第一、町を歩いてゐる私をいきなり黒田さん黒田さんといつて、心理的にうぬぼれさせるなんて、もしあれが町の女の高等戦術だとしたら巧妙なものだ。ダイアの手前私はひどく冷静に前後のプロセスを解剖する。おまけに、手紙と写真でまだ実物に逢つたこともない男に、靴下をぬぐやうな気軽さで××××を脱いで見せるといふことが普通の女にあり得るだらうか。町の女の手軽な空中飛行。いくら新しいゴムまりのやうな肉体が私の胸を今でも息づまらせるとしても、あのダイアは少し突飛すぎる。この辺で私はチミツに働く頭のよさを自分自身感心しながらさつき出た御木本の扉をも一度ひらいたのである。

「君、さつきのネクタイピン、指輪にするよりネクタイピンのままがいいてことになつたから一応返してもらひたいんだが」

　店員は呆気に取られたやうな顔で私を見ながら、あわてて門口に出て町の上下を見るとまた引き返して来ていつた。

「たつた今、あのお嬢さんが、同じことをおつしやつて、あれをお持ち帰りになりましたんですが」

私はしたたかアッパー・カットでもくらつたやうによろけながら店を飛び出した。しかし彼女の姿は無論もう何処にも見あたらなかつた。

その後私は、羽根の生えたダイアのあとを追つて「星のハウス」を数回訪問したのだが、あの桜草の置いてあつた窓でトレイニングしてゐる拳闘選手らしい男の姿を認めた以外、あのおちよぼ口の少女にはついぞめぐり合はなかつた。

House

よるとひる

隣の家は私の家より少し低い地つづきなのでその庭は一眼に私の庭から見おろすやうになつてゐる。そこからときどき細いうるんだ讃美歌が聞えた。休職陸軍大尉の清潔な家庭はその清潔さ故の寂しさを持つてゐた。

どんな夫婦がどんな娘にあの心ぼそい讃美歌を唱はせてゐるか、もう一年以上もその隣に住みながら私はそれを知らなかつた。

ある晩のことである。月の光が私の寝室にあふれてゐた。水のやうな月の光は私の羽根ぶとんを透して水のやうに私の心臓へしみ込んだ。月の光はそれ自体が女性であるから私はその光によつてあやし気なまぼろしを描きつづけたのであらう。かきいだく肌のあやしく冷い女はその流れをうけて燐(りん)のやうに光つた。

私はパジヤマのままでドアを開ける。夜露にぬれた新緑のしめつた香が急に私を包む。水の底のやうな肌ざはりと光をもつた庭の草木、花をもつた椿、ゐにしだの黄金色もひと色の黒く冷い半身以外は冷かに輝き黙してゐた。その金属性の感触のなかで私は寝ぐるしい一人寝のまぼろしを洗つた。そして空をあふぎながらそこはかとなく歩きまはつたのである。

しかし私は檜葉の生垣で隣の庭に接した庭はづれまで来ると急に立ち止つた。そこから見下ろせる隣の庭に髪を三本編みにさげた少女が、ひきずるやうな夜のシユミーズ一枚で静かに歩いてゐる姿を発見したからである。ほとんど頤（あご）と頸すぢを直角にあほ向けながら、月の光を満面にあびて歩きまはつてゐる彼女の姿は一瞬私に凄愴（せいそう）な感じをいだかせた。彼女は両手をうしろに組んで、ゆるやかな楕円形を描きながらぐるぐると歩きまはつてゐた。それは美しい月の夜に対するあまりにも幻夢的な一つの配置だつた。

私等の地上生活が益々宗教から離れて行けば行くほど、ある偶然な瞬間に私等の心を打つ宗教的感動は強いものである。……だが私はすぐ、この愚な考へが月の光の影響で私に過信させようとする非現実的な感動を振りはらはなければならなかつた。

私はその三本編みの少女があの心細げに聞えて来る讃美歌の少女であることを知つたのである。おそらく、私が重ぐるしい肉体的な妄想に泳ぎあへいでゐる間に少しの汚濁もまじへない清浄な感激が彼女をただひたすらに美しく月の夜の庭へ導いたのだらう。それは、無数の時間とおびただしい年齢の彼方にいつしか私が置き忘れて来たマシマロのやうに柔かい魂の一つにちがひなかつた。

私は少女と私のはかりがたい距離を漫然となげきながら、うしろめたさの息をぢつとこらして、生垣のそばにたたずんだ。

「今晩は、お嬢さん」

私は、私の意識にそむいて突然私の口から響き出た私の声にひどく狼狽した。その声は薄く煙つた月光のなかの庭園と、夢のやうな少女の横顔にとつてあまりにも現実的な響きをもつてゐた。

急に眠りからさめたやうな少女は驚いて私の方を見つめた。月の光が彼女の姿を遠くぼかす。その瞬間、私は何か途方もなく莫迦げたことをいひ出しさうな衝動を、ふいに口のなかで押しころした。少女はそのやうな驚愕を残して、私の前から、さつと身を飜したと思ふとそのまま、葡萄棚の傍から家の中に姿をけして仕舞つたのである。

翌朝、ベッドの上に起きあがつて、熱い珈琲を飲みながら新聞を読んでゐる時、ふと昨夜の出来事が私の頭に浮かんだ。しかし、私にはそれが、私の胸にかきいだいたあやしく冷い女のまぼろしに交錯して、いづれが夢ともうつつとも定められなかつた。

夜の世界が私等になげかける退嬰の衣を真昼の肌着にすることは危険だ。私はだから思ひ切り良く跳ね起きて昼は昼のいとなみをするために、朝日のさし込む窓を一杯にあけひろげた。

それから四五日あとのことだ。

新緑のアーチをくぐる郊外電車の中で私はにこにこ笑ひながら私に近づいて来る三本編みの少女に出逢つた。私があの心細げな讃美歌や、月の夜のページエントでいつの間にか造りあげてゐた隣の少女は、短いプリッセのスカートをひらひら風になびかせる百パーセントのモダンガールだつた。

「あたし寄宿舎よ、土曜の晩から日曜日へかけて家にかへるけれど」

「この前庭を歩いてたでせう、月の良い晩に」

「ええ、随分びつくりしたわ、垣根の上からあんたの頸だけがぬつと出たんですもの。何してたの」

「眠れなかつたから。君は馬鹿に真面目な顔をしてたね。まるでハイネが詩想にでもふけつてるやうなかつこうをして……」

「ひどいわ、とても大変だつたの、月曜日が地理の試験なんでせう。オーストリアの林業はその輸出額が年に約 1800.000 立方メートル、羊毛は年に約 816 仏トン、岩塩はイシユールを中心とする岩塩坑から年に約 700.000 仏トンを産出するなんて、なぜこんなことを記憶しなくちやいけないのか、腹をたてたて庭を歩きまはつてゐたのよ」

「試験はうまく行つた?」

「きまつてるわ、今だつてちやんと、輸出額 1800.000 立方メートルなんていへるくらゐぢやないの」

「こんど家に帰つたら僕のとこにも遊びに来たまへ」

「駄目よ、家にかへつてる間はとてもうち気なお嬢さんぶらなけりやいけないんだから、男のひとなんかと口でもきいたらそれこそたいへん」

「僕はあんたをトラピストの尼僧みたいに考へてゐたんだが」

「そをよ、家にゐるあひだわね。でもそんな想像すこし稚拙すぎるわ。——ではまたこんどさようなら……」

彼女は終点の二つ手前で元気よく降りて行つた。颯爽たる彼女の両腕と、足と、プリッセのスカートは、六月の日光をうけて青空を飛翔する軍用飛行機のやうに健康そのものの線と光だつた。しかし、私は月の光をあびた彼女の横顔が、六月の日光で詩（ポエジー）を失つたのだとは決して考へなかつた、と同時に、六月の日光が彼女にあの颯爽とした弾力を与へたのだとも決して思はなかつた。ただ私はあまりに鮮明な彼女の朗らかさをいつの間にか私も胸一杯に吸収して不健康な夜が私に与へたなまめかしい肌襦袢（はだじゆばん）をあわててぬぎ捨てたのである。

安南娘アンドレ[3]

私は外国に苦労をしに行ったようなものだった。貧乏をしたり、とんでもない女にひっかかったりして、楽しい想い出なんか一つもなく、どれもこれも地獄の犬に喰われてしまえば良いと思われるようなことばかりだった。

十何年振りで日本へ帰りついた初めの一年くらいは、銀座あたりで外国の婦人を見ると、ぞっと背すじに水の走るような感じを受け、外国の話なぞ、頼まれても口にしたくなかった。

それが五年たち十年たつと、やりきれない記憶が次第にぼんやりして来て、その向う側から、何んとなく愉(たの)しかったあれこれの記憶がよみがえって来る。——ことに戦争が始まって、戦争が済んで、時々巴里の近況が新聞雑誌に報道され始めると、二度と再び行きたいとも思わなかった巴里の街々が頭に浮かんで来て、ああ良かったなと思うのである。のどもと過ぎれば熱さを忘れると云う訳(わけ)だろう。

その頃の私は、生活にだらしなく、女に甘く、意志薄弱で、精神に巍然としたところが少しも無かった。だから見る女見る女に惚れて、そのために生活が滅茶滅茶になり、貧乏に貧乏を重ね、女に嫌われ、悲観して、他国の空をさ迷い歩いていたと云っても過言ではない。その頃と、特に申訳すると、今は別人のようになっているのかと思われそうだが、今だって五十歩百歩で、雀百までの因果な性分だとつくづく思わされるのである。

リオンの、安南兵舎のあるサン・ジュに「安南の友家」と云う小さな料亭があった。安南兵がお客で、サフランの匂いのする料理と、安物の葡萄酒を飲ました。

私はその家の娘で、アンドレと云う混血児に惚れ込んで、毎晩めしを食いに行ったことがある。

その子は、日本人のように真黒な髪をしていて、色が浅黒くて、手足の馬鹿に伸び伸びした感じのする十七の少女だった。

私はその子と「金獅子公園」の拳闘試合に出かけた帰りに、ありたけのくどき文句を並べて、公園の中をぐるぐる歩き廻り、とうとう自動車に乗せて、二十キロも街の外にあるイル・バルブのホテルに連れ込んでしまった。

丁度夏の初めで、ソーヌの上流にあるそのあたりは、すがすがしい緑に包まれた、河の流れが絵のように美しく、その河に面したホテルの一室は、折から森の上に昇った蒼白い月の光で夢のような雰囲気を作り出していた。

若いアンドレはすっかりドラマチックな道具立の中で前後を忘却して、牝鹿のような足から黒絹の靴下をもどかし気にぬいでしまったのであるが、こんな気まぐれのために、重荷を背負わされて、学資の少ない私は、冬の石炭も買えないような破目に落ちてしまった。

アンドレは急速に美しくなって、男の子のように短くした髪をチックで後にかき上げ、派手なソックスにローヒールの靴をはいた姿は惚れぼれするほど意気なものだったが、私のところにころがり込んで、私の貧乏を知ると、もう私のセンチメンタル・ブルースにはちょっとだって耳をかたむけようとはしなくなった。いつもいつも隣の部屋に男をくわえ込んで、私の胸に煮湯をたぎらせ、その興奮の余燼を私の寝室に運んで、私の神経を無理矢理に削ぎ取るのにあくどい興味を感じたのである。

そして、背の高いメキシコ人と街角でぱったり合うと、私の眼の前で、その男にかじりつき、何か耳うちしたと思ったら、

「あたし、あたし、この人とアメリカに出発するの。セルジュ[4]、許してね。でも、あんたのこと忘れないわ」

と云って、そのまま人ごみの中に姿を消してしまった。

私はこのような悪女についてさえ、女の美しかったことばかりが後に残って、ふた月くらいの間は何も手につかず、アンドレの伸び伸びした手足が夜も昼も私の体にからみつき、どうにもこうにもやり切れなかった。

それから半年近くたって、サントスから厚い手紙が届き、男にだまされて苦労していると書き、洗濯工場に勤めて、苛性曹達で両手がふやけて、爪がみんなとけてしまったと書いてあり、一日も早く「私のセルジュ」のところに帰りたいと書いてあった。

私は、日本から送って来た学資をそのまま、電報為替に組み替えてサントスに送ってやったのだが、その後何んの音沙汰もなく、黒豹のように精悍なアンドレとの交渉は途絶えてしまった。

私は今でも時々、月の差し込んだ大きなベッドの上に長々と寝そべって、

「あ、あれ何かしら」

と云って窓の外を指さした、アンドレの亜熱帯的な肉体を想い出す。

窓から見える河岸のアーク灯に、雪のような白いものがさらさら降りかかり、眼を凝らして見ると、無数の白い蛾が、強い光に打たれては落ち、打たれては落ちて、まるで雪のようにアーク灯の根もとに積っているのだった。

私とアンドレが同棲していた、アンパッスの窓の下に来て、安南兵が哀調限りない歌を唄った頃は、まだアンドレの胸が私の胸を抱いていた。窓からミモザのふさふさした花束を投げてやったアンドレの眼が燃えて、たちまち彼女の黒い髪の毛が、私の体を十重二十重にしめつけるのである。

ああ、しかしもう随分、昔の話である。

「金獅子公園」を歩きながら、ありたけの智慧をしぼって口にした私の甘い囁きを、世界のどこかで生きているアンドレが想い出したとしたら、あの美しかったイル・バルブのホテルを想い出すだろう。

あのホテルの壁に、誰れが悪戯書きしたのか、人生は煙草の煙りのようなものだ、と書いてあった。

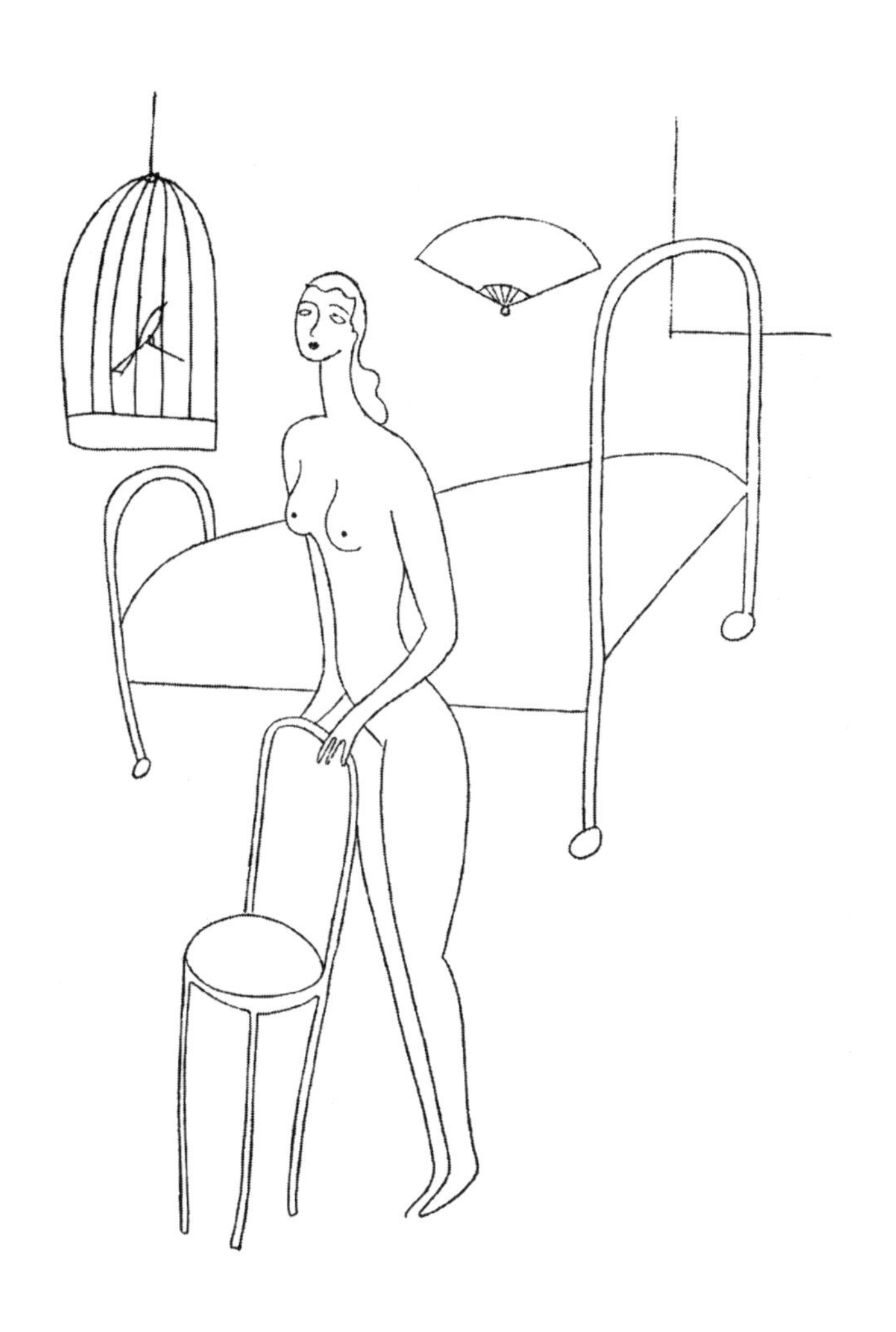

窓のない女

カフエー・ラ・ペエのテラスで珈琲(コーヒー)を飲んでいると、

「ちょっと休ませてね」

と云って、脇の椅子に腰かけた女がいる。

巴里の初夏。軽く汗ばむマロニエの花の香が人の心にしみ込んで、何となくいたずらっ気を起させる季節。紫がかって暮れてゆく街をふわふわと、悪魔の体温で浮かされた男女が、とめ度もなく流れてゆく。

黒いびろうどの身についた洋服を着て、くっきり浮き上がった首すじからブロンドの顔が蒼さめて、くずれるように目の前の椅子に落ち込んだのである。

「どうかしたんですか」

いくらでも空席のあるテラスで、特に毛色の変った私の席へすべり込んだのは何故だろう。と、いつものひがみが頭に動いたが、

「ついその先までお薬取りにゆく道なの、でも眼まいがひどくて、とても我慢(がまん)

出来ないから、しばらくここで休ませてね」

と、こめかみを押さえて汗のにじんだ額のへんを、ちかちかと白いレースのハンケチで拭っているのである。

予期しない女の美しさに気を呑まれ、茫然と体を堅くしていた私は、

「冷たい水でも持って来させましょうか」

と、急に気を遣い始めたのだが、

「もう、大丈夫、すぐ癒るわ」

と云って、無理に愛嬌笑いした顔が、うすあかりで見るモナリザの顔のようで、厚みのある唇の間から、並びの良い歯の白さが眼にしみた。

年の頃は二十四くらいだろう。ミリオン・スネークの腕飾りをして、バック・スキンの黒いハイヒールをはいている。顔の美しさなら、その身ごしらえの息もつかせぬ美事さに私は思わずうならせられた。こんな女は巴里にだって、そうざらにはいないだろう。ただ、蒼ざめた顔に秘密を重ねた蔭があり、その蔭が複雑な情熱をかき立てるようだ。計り知れない激しさが沼のように沈静な表情の奥に秘められていて、あっと云う間に、男の魂を吸いつくしてしまう謎がどこかに隠されている。

女はちょっと立ち上がろうとしたが、また、くたくたと腰を落して、てしまった。

「あ、やっぱり駄目。困ったわ。困ったわ」と云って、又テーブルにうつ伏せてしまった。

「薬取りに行かれるんですって？　若しなんなら、僕がひと走り行って来ましょうか」

「悪いわ。そんなことして頂いちゃ」

「なに退屈(たいくつ)して、こんなところでぼんやりしているんですから、悪いも糞もありませんよ」

「それじゃ、すぐそこだから行って頂こうかしら」

女はハンドバッグの中から二寸角くらいの黄色いセルロイドの札を私に渡した。赤字でただCと彫ってあり、その下にNo.234と番号が打ってある。

「マドレーヌの手前のヴィニヨン街にポンセと云う小さな香水屋があるわ。表が桃色に塗ってあって、ボンボン入れのような可愛いいお店よ。そこでマダム・ヴィランを尋ねて、この札渡して頂戴。人から頼まれたような顔をしないで、あんた自身薬が必要だと思われるようにしてね。大急ぎよ」

女はこう云って、バッグの中からフラン紙幣を出そうとする。

「お金は後でいいですよ。じゃ、ひとっ走り行って来ますから……」

と、すぐ目と鼻のマドレーヌ広場の方へ飛び出した。

巴里に来てからもうかれこれ五年にもなるが、今夜のような、所謂筋の通った女と親しくなったのは始めてである。サンラザールの安淫売か、モンパルナスの宿なしモデル、せいぜい良くて昼めしぬきのショップ・ガールと、私の相場は極っていたのだが、ぼろジャンクに豪華船の漂流者がすがりついたように、この人間の大洪水の中で、色の異った貧乏絵かきの私に、ミリオン・スネークの蒼白い手をさしのべるとは、まさに天変不思議な奇蹟である。この不思議を不思議とも思わずに、香水屋に薬を買いに行く私は、あのすんなりとした足、ああそれから、腕を廻して抱きしめたくなるようなひきしぼった胴、蒼白い皮膚のどこからともなく燃え上がる熱情に赤く染った唇、家柄の良さを一眼で感じさせると、私に思い込ませた趣味の良いこのみ、その空高いダイアナが、偶然道ばたに落ちていた五十サンティームの銅銭でしかない私に、親愛の手を差しのべるのだ。……私はきっかけの不自然さも、筋の運びの不合理さも、どこ吹く風と投げ捨てて、足は宙を浮き、夢でないかと雑沓をかき分けて、少し薄暗いヴィニヨン街へ、仕込まれた犬のように、馳けつけたのである。

ポンセの店は彼女の言葉通り、リボンで飾ったボンボン入れのような小店で、夕闇の街にぽっと桃色に浮き上がっていた。

マダム・ヴィランは、じろじろと胡散臭そうに私の風態を見ていたが例の黄色い札をポケットから出すと、急に愛想が良くなり、

「ああ、あなたもＭＯＣの方ですか。レマったら、あなたのような会員がいらっしゃること、ちっとも知らせないもんですから、つい失礼してしまいました。ちょっと御待ち下さいね」

と、私には一向様子の通じない愛嬌を振りまき、奥から小さな紙箱を持って来て私の前に置いた。ＭＯＣだとか、会員だとか、なんとなくもやもやしたものがある。何かとんでもない、からくりの中に自分が巻き込まれているのではないかと、軽い不安を感じなくもなかったが、眼さきにちらつく美しい女の肢体が暗い詮索を蹴散らしてしまう。

「おいくらですか」

「七日分で五百六十フラン」

「え！」

と、私は思わず聞き返したのである。薬の値段なんて云うものは、二、三十

フランが私の常識である。

「なに、私が払いますよ」

と、軽く引き受けて飛び出して来たのも、大まかなたかを括って、重かろうはずのない自分の財布を計算したからである。どんな高貴な薬か知らないが、五百六十フランとはべら棒だ。しかし、ああしかし、ここでこの薬を投げ出して、雲か霞と逃げ去るのには、如何にも美しすぎる相手だった。貧乏書生の一週間のパン代にも相当するこの金額を、さり気なく数えて、私は目の前の小箱をポケットにねじ込んだのである。

　私の美しい人は、待ちくたびれている様子だった。私が遠くから薬の白い小箱を出して振って見せると、気ぜわに椅子を立ち上がって、

「駄目よ、そんなことしちゃ、それ、あんたポケットに入れてって」

と、私の耳に囁くと、がっぷり腕を取って、雑沓の中をぐんぐん、イタリアン大通りの方へ歩き出した。

「あたし、もう一刻も我まん出来ないの。すぐそこに知ったホテルがあるから、そこまでつき合って下さるわね」

　こんなことってあるだろうか？　私には一足飛びの言葉。ああ夢ではないか

と、気迷う隙をつゆ与えず、アメリカン・バーの手前の、アンパッス・サンドリエの静かな横丁に私を連れ込んだのである。

　サニー・ホテルと書いてあり、うす青色のネオンがちかちか光り、一日中鎧戸の下りた窓が大通りの雑沓を黙殺している。一見して、中どころの連れ込みホテル。……

　女が入口のボーイに一瞥を与えると、馴れたもので黙って鍵を渡し、臙脂のモケットが敷きつめてある階段を、別に悪びれた様子もなく、ゆっくり二階へ上がってゆく。

　とても手の届かない高嶺の花だと、初手からの弱気で、何となく身に持った教養の高さ、趣味の高さを怖れていた私は、一変して三文淫売のように私をホテルにくわえ込む女の顔を、どう解釈したものかと、めんくらったのである。

　ありたけの智慧をしぼって、買えるものなら歓心を買い、物憂い気まぐれで女が投げ出す愛情のはしくれに、すがりつけるものならすがりつく……。哀れつつましやかなこの自分が、いきなり腕組み合って、巴里第一の繁華街を散歩するなどとは夢さら考えてはいなかった。ああ、モンパルナスの宿なしモデル。ああ、サマリタンのちんぴらミディネット。それから、サンラザールのメー・

フラワーの支那の花電車の化物たち、——昨日までの私に窓のない巴里を教え込んで、昼を夜にとり違えた女たち——そんなけだ物はホオコン缶詰会社のサーデンに仕込んで、キューバの開拓土民に売り飛ばしてしまえである。

だが、おそるおそる覗いた女の表情が、いきなり「あたし、もう、一刻も我まん出来ないわ」と云うことになり、サンドリエのサニー・ホテルへ一足飛びに飛躍してしまったのだから、逆にたじたじせざるを得ないのである。

見かけに品があっても単なる街の女だろうか。良く話に聞く高級売笑婦の一種で、自家用車を持ち、数万フランの毛皮の外套に体をくるんで、高貴な天然香油を惜し気もなく肌に塗り込めていると云う、百万長者相手のあれだろうか。——だが然し、どのような贔屓目（ひいきめ）で見ても、私が東洋の豪族だとは思えないだろうし、時々巴里で桁（けた）はずれの浮名を流す支那の大財閥の御曹司（おんぞうし）とも見えないはずである。ああ、——それに、五百六十フランの薬代で嚢中余すところ、サニー・ホテルの部屋代にも足りないのである。

廊下を流れている臙脂（えんじ）のモケットが、十二号室のドアを開くと若草色に萌え出していた。大きな四つ足のアンピールの寝台には、サラセンのつづれが懸けてあり、織の繊細なレースが鎧戸の閉った窓に、吹雪のような白さを見せていた。

ホテルの中の特別室と云った感じで、大きな三面鏡の上には高級な化粧品が無数に置いてあり、馥郁とした情感が甘い香りを含んで部屋に充満している。隅から隅まで豊さのみなぎっている美しい部屋に一歩踏み込むと、みじめにも私は懐のさびしさが手足をすくませ、これはとんでもない間違いであると、思わず尻込みし始めたのである。

女は帽子を投げ捨て、浴槽のロビネを一杯に開き、湯のほどばしる激しい音、そしてたちまちもうもうと湯気がたち始めると、扉をばたんと閉めて、靴をはね飛ばし、逆に頭を下げてビロードの洋服を脱ぎ捨てると、うす色のシュミーズでカヴァーのかかったベッドの上にどしんと倒れた。

「さ、お薬頂戴」

私はポケットから、白い小箱を摑み出して、寝ながら差しのべた女のしなやかな手にそれを渡した。もうここらが引き時である。これからは女の一人舞台なのだ。私は未練がましい感情を捨てて、

「もう、御用はないでしょう。この辺で僕失礼しましょう」と、くねくねさら

け出された女の裸身を盗見ながらドアのナップを握ったのである。

「あ、帰っちゃ駄目よ。あたしお薬飲むから、あんたお風呂に入って……」女は仰向けのまま、体をのびのびと伸ばし、体をよじって、私を見たのだが、蒼ざめた顔に少し血の気がかえり、重たい睫毛の下で、ありたけのながし眼が私を身動きの出来ないほどな艶めかしさで射すくめている。「そしてお風呂から出たら、ほんとに私が睡ってしまうまで、私のそばで一緒に横になって頂戴」

私は一瞬、この女は自殺しようとしている！　と激しく感じた。私はちり気だつ思いでいきなりベッドに飛びつき、その小箱を女から取りあげた。

「駄目ですよ。駄目ですよ。何んにも関係のない僕をそんなドラマの中に引きずり込むなんて、後でどんなに僕が迷惑するか考えて下さいな」

女は呆気(あっけ)にとられたような顔をしていたが、急に声をたてて笑い始めた。

「お馬鹿さんね。私が自殺すると思ってるの。正反対よ。空気を吸ってただ生きてるってことが退屈で仕方のない者が、誰れでもすることを、私はしようとしているだけよ。さ、そのお薬私に頂戴。そしてお風呂に這入って、さっぱりして、無償であんたの前に投げ出す、花で包まれたような私の体を、好き勝手に料理してごらんなさい……」

私はこの女の言葉で、彼女が何をしようとしているか、やっと飲み込めたような気がした。下賤な私の空想力が、眼の前の美しい女を、パペの牝犬に仕立てたり、セバストポール街でフランを股に挟むプール・ド・スイフに仕立てたり、挙句の果ては窓のないモルグの裸天女に追い込んだりして、己れの軽い財布と下手な首っ引きをした馬鹿さかげんが卒然と了解出来たのである。

万が一奸策で私自身が海底深く抱き込まれてしまったとしても、この美しさは替え難いものである。私はとうとう腹をきめて、女の云う通り、もやもやと湯気の立ち籠めた湯殿に思い切り良く飛び込んだ。

「早くよ、早くよ、私もう待ち切れない」かすれたような声が聞えて来る。

私はバスタオルを巻きつけて裸のまま浴室を飛び出した。女は胸をはだけ、ぴんと張った二つの白い乳房をにぶい光線の中に浮かせて、ものうそうに身もだえしている。金茶色のカバーの上に半裸体でくねっている女の体は、すさまじく蒼い顔の表情から、この世とも思われない怪奇な艶めかしさを発散している。

「これがあたしの病気なの……」女の呂律のよく廻らない口でぽつぽつと私の耳に囁き、くねくねとうねる白い腕を私の首に巻きつけ、「ちっとも心配しないでいいの。あたしをそっくり天国に連れてって。みんなあげるわ、何から何までみんなあげるわ」と云って、冷たい唇をじっとりと私の頰に押しつけ、足をからませ、はかり知れない気だるい快感で五体がばらばらになるような、昏迷の境に、羽毛のような軽さで、次第次第に落ち込んでゆく様子だった。

「阿片？　コカイン？　モルヒネ？」

「ＣＯＭのＣ」

「ああ、コカインか」

　知性が肉体から遊離して鎧戸の隙から大通りに飛んで行ってしまったのである。燃えた肉体と、ねばねばとからみつく官覚だけになった女の体は、私の逞ましい腕に抱き起される。

「私が眠ったらそっと帰って」

「今度いつ逢えるの」

「来週の今日」

「何処で」

「カフエー・ド・ラ・ペエ」

　私は長いこと、長いこと、官覚だけ生き残った蒼白い死骸を愛撫した。蜘蛛の糸のような糸を引き、蛇のように私の胸をしめつける女の欲望は、行けども行けども果てしない迷路に私を誘い込むのである。

私はそれから四、五回その女とカフェーのテラスで落ち合った。そして、ボンボン・ケースのポンセにあの白い小箱を買いにやらされて、あのホテルで不思議な夢を見せられたのだが、――ある日、いつものようにポンセのマダム・ヴィランと無駄口をきいている時、突然どやどや雪崩(なだ)れ込んだ警官の一隊に手取り足取りされてタクシーに投げ込まれ、バルベスの豚箱に持って行かれてしまった。

ポンセのＭＯＣは麻薬吸飲者の秘密倶楽部だったのである。

私の美しい彼女はいつかはこのことのあるのを知って、用心深く私をポンセに行かせたのかもわからない。いつの間にか二百三十四番の日本人と云うことで、私が倶楽部の話題になっていたと云う話も、マダム・ヴィランが香水の化粧箱で、阿片、コカイン、モルヒネの類を巴里全市にばら撒いていたという話も、バルベスの暗い刑事部屋で知ったのである。

私は麻薬常用者の焼印を押されないために、サンドリエの美しい婦人を引き合いに出す気はさらになかった。病的な徴候(ちょうこう)の少しもない私の顔を眺めた検事は頭を振りながら、国禁を犯して麻薬を吸飲したと云う罪名を私に押しつけて、罰金二千フランと向う一年間、仏蘭西居住禁止と云う迷惑な宣告を下してしまったのである。私は、果てしない未練に胸を焼きながら、雨のしょぼしょぼ降る日、ベルギーへ都落ちしたのだったが、ブルッセルの片田舎で、あの蒼白い女の美しい顔が片時も忘れられず、二度ほどアンパッス・サンドリエのホテル・サニーに手紙を出したのであったが、何んの音沙汰もなかった。

　再び巴里に舞いもどった時、駅からそのままホテル・サニーに馳けつけて見たが、あの当時のボーイも居なくなり、女の消息を掴む手だては何も残っていなかった。それでも若しやと思う未練から、カフエー・ド・ラ・ペエのテラスで、幾日も往来を眺めて、馬鹿な時間を浪費したのだが、ついに女の姿を、その後見ることは出来なかった。

　私は五体から、青い炎が燃え上がるような、生命のない官覚の塊りを、今でも想い出すことがある。あの激しい魅力に溺れながら、私自身がコカイノマニーに墜ちてゆかなかったことは奇蹟である。

　私は美しいものの極致が死とすれすれの所にあったことを想い出し、今でも慄然と過ぎ去った若さを考えるのである。

チョコレート

真夏の海水浴場。

青空にそびえる高い投泳台の上に立つて、色彩と騒音のジャズに掩(おお)はれた海水浴場の饗宴を私は眺め下ろした。

午後二時のサイレン……

すると、たちまち、黄色い海水着を着た群集の中の一人が、鮮やかに群集を抜き切つて、沖へ沖へと進み出す。半円を描く彼女の正確な腕が、直射する太陽に向つて白金のやうに煌めく。

私は胸一杯ぐつと大気を吸ひ込んだ。そして次の瞬間、足を蹴つて水をくゞると、張り切つた心臓のスクリューで両手を小気味よく旋回させながら、彼女の取つたコースと、私の取つたコースが、やがて一浬の遠い沖で結び合ふ三角形の頂点へ力泳しつづける。

こんちは、
あの手紙解つた？

ええ、だけど終りの按分比例と数字ぢや三十分以上も頭をかかへたわ。午後二時一浬沖でつて云ふんでせう。

あれ、ウィスマンのクリプトグラムから取つたんだよ。あんたなら解ると思つた。

何故黄色いシャツなんて注文したの。

黄色いシャツならあんまり類が無いからすぐ見分けがつくと思つたんだよ。

でも、類の無いシャツだつたら、私の手にだつて、さう簡単に這入らないぢやないの。安心したわ。

此処なら大丈夫だらう。海岸の人たちからは見えないよ。

私もうこりごり、新聞記者なんて。

能勢かい、ありや大丈夫さ、あんないやがらせを云つたつて書きやしないよ。

あんたの味方だもの。

味方だつて妙なすつぱぬきでごめんよ。

お土産持つて来たんだよ。ヴォルガのチョコレート。

まあ、でも濡れたでせう。

ハート・ビューティーに入れて来たんだ。

なあに、それ、風せん？　……まあいやなひと。

僕がテーブルになつてあげようか。

どうするの。

ほら、かうして僕が土左衛門になるんだよ。僕のおなかがテーブルさ。

土左衛門のテーブルなんてきたないわ。駄目よ、動いちや……。

私は青空を眺めながら大きな口をあけて、彼女の細い指先につままれたヴォルガのチョコレートを塩からく頰ばつた。

波のうねり。

チョコレートの銀紙がおなかの上で光る。

昼と夜

この春ころから、ちょくちょく私のアトリエに出入するようになった牧山とりというモデルが私の胸にすがりついて、さめざめ泣くのである。

牧山とりの体は普通からいったらモデルには不向である。手足が細くて、胴体がひょろひょろと長く、皮膚の色もなんとなくどんよりとしていて生気がない。

そんな体の牧山とりを、どうしてモデルに使ったかというと体全体に、一種形容の出来難い好色なよう気がただよっていて、それが違った意味の興味を私に持たせたからである。

くびが細くて、丈ばかり高いのに、腰だけがはばが広く何か不ていな強じんさを見せている。それに、もっくりと瀬戸引きのボールを伏せたような乳房が、体全体とはまったく無関係な好色の唄を歌っているのである。

私は牧山とりの不均衡な魅力に思わず圧倒されて了って翌日から新しいカン

バスを用意する気になったのである。

年は二十六だという。

二週間ほど毎日、向き合いになって仕事を続けたが、一つの発見が、私をすっかり驚ろかせて了った。

たまたま彼女が、バルザックのコント・ドロラテイクを持っていたので話がわい談めいて来た。すると、金瓶梅でござれ、サルトルでござれ、「昼顔」でござれ、ことごとく知っていて、実にとうとうと文学を語り、男女の本能を語って流石の私もたじたじとさせられるほどだった。

そして、

「未知のものに食よくを感じるってこと、男だって、女だって同じだわ。一夫一妻のおきての中にそれほどのよく望を押えて了ったってことはその本能がどれほど真実であるかってことを証明している以外の何者でもないわ!」

というのである。

「そんならぼくが君に食よくを感じたとしても君は当然だと思うね」

私はすかさず、応酬したのだったが、彼女は、例のくねくねとする体をよじって、くすくす笑うだけだった。

だが、その時、思わず、眼を見はったことには、今まで、どんよりと雲のかかっていたような彼女の皮膚の色が、ぱっと光彩を帯びたことである。

まるで、七面鳥の色が見る見る変ってゆくように、皮膚の色がなまめかしく輝き、好色の気がまるで油汗のように、じくじく体全体ににじみ出すような感じで、私は思わず、絵筆を取り落して了った。

私は牧山とりの秘密をすっかり読み取ったような気がしたのだったが、

「先生、私に興味が持てるんだったら、今夜、武蔵野館の前に来て下さらない？　私のほんとの姿お目にかけるわ」

と帰りがけに彼女はいった。

そして、思い切り色っぽい眼で私をひとにらみにしながら、小砂利の道を、まるでグレーハンドのような足取りで帰って行ったのである。

その晩、酔興にも、武蔵野館の前に、私は出かけたのだ。

途中、電車の故障で三十分近くも遅れてそこに行くと、いくら待っても牧山とりは姿を現わさない。時間が食い違ったので待ちくたぶれて帰って了ったのだろうとこちらが断念して、駅脇の道を小田急の方へ引返して行くと如何にも風態の面白くない中老の男と腕を取り合った牧山とりが、熱心に何か語り合いながらこちらにやって来る。

　突差に人混みへ身を引いてやりすごしながら不可解な心理で私は彼女たちの後をつけたのであるが、旭町のじめじめした横丁で日の出ホテルとネオンのさした一見連込みらしいホテルの入口に二人はしばらく立ち止ったと思うと、女だけが一足先に中へ這入り、しばらくして男を手まねいた。

　その時、こちらの薄暗がりに男だけと思って気を許していた私を目ざとく発見したらしかったが片頬をゆがめて、冷たく笑うと、そのまま男の手を取って中に姿を消して行ったのである。

　もう、それ切り、私のアトリエにはやって来ないものと、あきらめていたら、翌日、時間通りに姿を現わして、無口のまま、さっさと洋服を脱いで裸になった。

　その日は、何んとなく気ざわりで、どちらからも口火を切ることに躊躇されたが帰りぎわになって、

「僕が時間通り行ったら、やっぱり、あの日の出ホテルに僕を連れ込んだんだね」

　と他人ごとのように話しかけた。

「そうよ。毎晩、同じ男と寝たって、毎晩違った男と寝たって大勢には変りないでしょう。夕べは先生のつもりだったが、待ちくたびれちゃったので、通りすがりの土建屋さんと一晩過ごして了った。お金なんかいらないっていってやったら、目を白黒させてたわよ」

こう、いい捨てるようにいうと、なんの未練も残さず、さっさと帰ろうとする彼女を、私は背後から抱き止めたのである。

私は貞淑だ、という言葉よりも私は倫落の女だ、という言葉の方に千万無量の内容がある。

私も、うまうま彼女の気つけ薬にひっかかって了ったことには、短い彼女の言葉から、万華鏡のような淫靡の極を見せられて、もう取りすました先生ではいられなくなったのである。

だが、知って見れば、牧山とりも世間普通の女で、多少肉体文学の鬼に取りつかれながら生活の大半を夜の取引きに計上していたに過ぎない。

まるで大型のひるのように、体を伸びちぢみさせながら、暴風のように狂う彼女の嬌態は、異常なものだったが、今、私の胸にとりすがって、さめざめ泣くのである。

つまり、夜の習性も、一つの惰性であって結局はもの静かな心の暖炉が欲しいということだ。

私は、牧山とりの髪を撫でてやり、暖炉に薪をくべるだろう。

そして、もう一度、夜の火に彼女が飛び込んでゆくまで、彼女のノスタルジーを聞き続けなければならない。

桃色クラブ

銀座の人ごみを歩いていると知らない女の子が腕にしがみついて来た。

「変なのが附け廻すのよ、其処まで連れてって」

十五六にしか見えない女の子はせかせかと息を吐き、横っちょにかぶったベレーを私の腕におっつけながらぐんぐん人ごみの中を泳ぐのである。

私は女を抱えるようにして後を振り返った。ぞろぞろと鱶（ふか）が泳いでいる。

「子供が夜遊びするからいけないんだよ」

「お友達と活動見に行ってはぐれちゃったの」

「家どこ?」

「代官山よ」

「送ってやろうか」

「うん、でもあたしのど渇いたわ」

なまぬるい風が吹く。着物を脱いで、草原をころげ廻り、大きな声で唄を歌い、風船玉のような女の子を抱きしめて、こっちの心臓と一緒にぱちんと破裂させ、大声で笑い、我武者羅に走り出したいような晩である。

女の子は桜ん坊のようなおちょぼ口でストローを銜え、時々上眼を使って私の顔を盗み見する。年恰好の割にろうたけた少女は、何か甘酸っぱい刺激を、むちむちした胸のあたりに漂わせて、仔猫のような鼻声を出すのである。

「あたしのうちこのすぐ坂上の星のハウスよ」

タクシーを降りた薄暗い街。十一時だというのにひっそりとした街のその薄暗さが妙に誘惑的な蔭を持っている。白くぽっかり浮いた女の顔は、背のびしながら私の胸をくすぐる。

「寄ってかない?」

「いいのかい?」

女の子はうなずいて、ぐんぐん私の腕を引っ張った。

小さな部屋である。隅の方によれよれの毛布で包んだベッドがあり、桃色のバスローブが壁につるしてあり、四尺の出窓には洗面器や牛乳の空瓶や、アルミの薬缶が雑然と置いてある。

ベッドの上に腰かけた女の子は、ベレーを脱ぐと部屋の隅に投げ出し、つっ立っている私に、にっと笑って見せた。

「椅子が無いから此処にいらっしゃいよ」

女の子は自分の腰かけたベッドの脇を叩きながら、足をばたばたさせてる。

「ね、あの窓の向うに見えるのが西郷山。もう三十分するとあの森の上に月が出るわ。そうするとこの部屋がまるで水を一杯入れた水族館のガラス箱のようにまっ蒼になるのよ。アンダンテ・カンタビーレって知ってる？　あれをかけてね、まっ裸になって一人で踊るのよ」

女の子は私の胸に頭を投げ出して、吐息をついているのである。

「君、馬鹿にセンチだね。いくつ」

「十六よ。十六でも早生れだから十七の値打あるわ」

「見ず知らずの男を連れて来て、こんな暗いとこでこうしていても恐くない？」

「助けて呉れた人は良い人にきまってるじゃないの」

「そりゃ君が先きに僕をみつけたからだよ。僕の方が君を先にみつけたら、矢張り君の後を附け廻して、悪い奴の一人になってたかも解らないじゃないか」

「あたしなんか附け廻す気ある？」

「君みたいな可愛いい子、誰れだって夢中になるよ」

私はこんなつもりではなかったのである。リボンのような女の子には、パーク祭りのチョコレートだ。

「じゃ、おやすみ」

と蒲団をかけてやり、跫音（きょうおん）を盗んで帰る筈だった。——それだのに、ああそれだのに、私は女の子を腕に抱えて西郷山の月を待っているのである。

翌朝眼を醒すと女の子が居ない。水族館の魚はマシマロのような肌をして、何処までも何処までも泳ぎたかった。その信じ難い記憶の上に銀粉のような朝日が流れる。私はノートの端に「また来るよ」と走り書して部屋を出た。

坂上のアパートから見下ろす坂下には都電の停留所がある。停留所には制服の女学生が三人、何か声高にはしゃぎながら背中を叩き合っている。

「甘ちゃんに部屋代払わしたのよ」

それに続いてわっという歓声が上り、くるっと振り返った顔の一つが意外にも昨夜の少女で、すぐ電車のかげになり、そのまま三人を運び去って了まった。

実をいうと、私はひとりごとがいいたかったのである。私自身が実は銀座を遊泳する鱶の群の一人だということを。しかし、たった今、あの少女が残して行ったあの言葉は、耳を疑い、眼を疑い坂の途中にある私と私の影を疑わせるに十分だ。

小魚に食われた鱶。部屋代を払わされた鱶。その鱶が煙草に火をつけて、三日目の晩、アパートを逆襲した。惚れ切っているのである。

「菫(すみれ)ちゃんなら金曜日よ」

私の女の子とは別の女の子が部屋から顔を出し、謎のような返事をする。そんなら金曜日。

外国の習慣では金曜日にきまって魚を食うのである。私はぞくぞくするような食欲を感じながら金曜日のドアをノックした。

しかし、勢よく開かれたドアに飛び出したのはマニラ人のようなポマード臭い男で、私が菫の名をいうと、

「閉めて!」

と菫の周章(あわ)てた声が聞え、指二本が悪く思うなよと右手で二廻転したなり、味もそっ気もなくドアは手荒く閉められて了ったのである。

一つの部屋を三人で借りて、一週を二日ずつ使い合うという新手を知ってますか? 犬の尻尾の紙屑野郎!

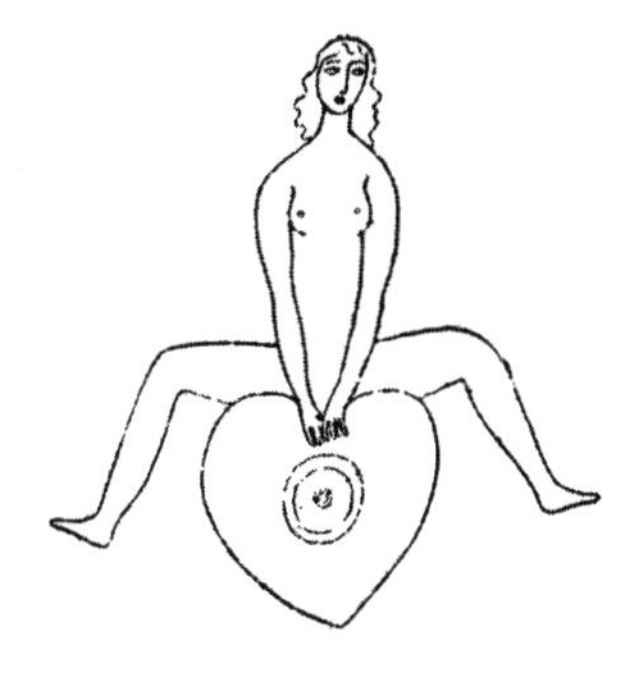

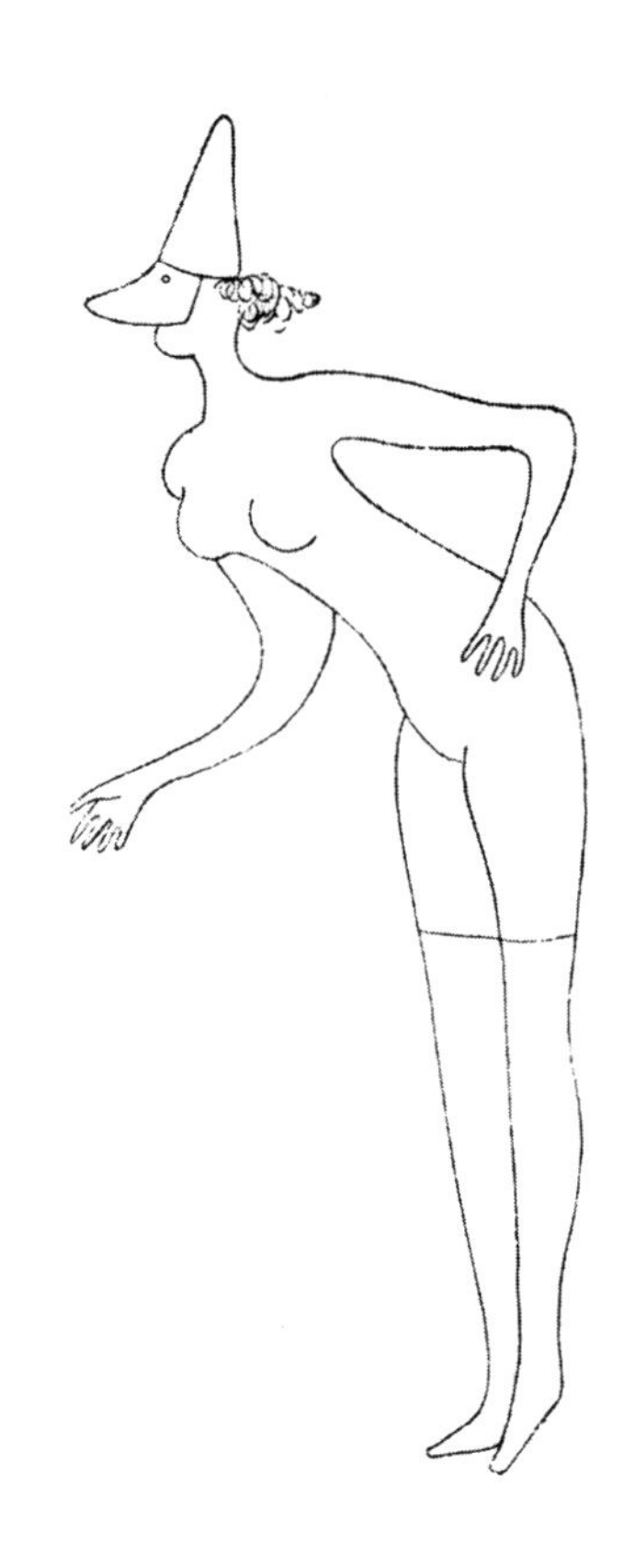

へれんの家

面白いことが何一つない午後、白いハンケチがひらひら飛んでいるような夏の空を眺めて、ぼんやり銀座を歩いていると、私のすぐ側で自動車が停った。

「遊佐さん！」

扉が半分開いて、レモン色のボレロを着た美しい顔が私の方へ合図している。

思わず廻りを見廻したが、車の人に呼び止められた様子の人が居ない。

「僕ですか？」

「そうよ。早くおはいんなさい」

私は半信半疑車のステップに足をかけたのである。

「人違いじゃありませんか？　僕遊佐って名じゃありませんよ」

私がこういうと、女は、まあ！　と呆れたような顔をして、私の目をにらんだが、

「つまらないこといわないで、早くお乗んなさい」

といって私の腕をひきずり込んだ。

とても上等の香水の匂いが車の中に籠っている。あちらものらしい粋な靴が綺麗な足の先にきらきらしている。

「随分気の抜けた顔して歩いてるのね。落しものでもしたの?」

「まあそんなとこでしょうね。情熱を失ったぬけがらの散歩。良いお天気だというのに、情けない話ですよ」

だが、この見ず知らずの女性はなんという美しい指をしていることだろう。クリムソンの小さい爪が比類のない宝石とも見えるし、少し蒼みを帯びた色艶が、微細な感情を一つ一つの指の表情で私語するようだ。

切れの長い瞳がぴちぴちと跳ね上る小悪魔の陰謀をくすぐったく隠していて、おちょぼ口に笑いを殺した赤い唇が、今にも私の頰っぺたへかじりつきそうである。

「でも、僕、遊佐って名じゃありませんよ」

「そうよ、遊佐でもなければ、葉室でも無いわ。ただ、こんなに晴れ渡った午後にふさわしい名がひょいと私の口に浮かんだだけよ。まさか、シャルル・ボワイエなんて呼べやしないでしょう」

私は呆れたのである。明らかに自家用らしい車をころがして、白昼男を誘拐する娘。

「じゃ、僕をどうしようっていうの?」

「愚問よ、それ。じゃ、どうして遊佐でもないのに遊佐って呼ばれて乗って来たの……」

「あんまり、君が美しかったからですよ」

「そんなら、何もいわないで黙っていらっしゃい。でも、情熱を失った人が、すぐ女を美しいって感じたりするかしら」

「そんな美しいものになかなかめぐり合わなかったから段々情熱を失って了ったんですよ」

「とてもお上手、私、気に入ったわ」

女はぱっと燃えるように瞳を私に投げて、美しい生き物の指さきに煙草を挟むと、私の方につき出した。

私のライターでうまそうにひと吸い吸うと、おちょぼ口から細い煙をはき出しながら、

「あなたは、グラスの焔(ほのお)を飲み込むことが出来る……」

といって目をつむった。

車は品川の陸橋を越えて京浜国道に素晴しい速力で突入してゆく。

「横浜だな」

と私は突嗟に思った。

横浜を横断して、ひっそりとした向島の一角、別荘地帯の高台に車がすべり込んで、塀の高い石門の前で停った。

門から車寄せまで小砂利が敷いてあって、両側に熊笹が手入れよく植込んである。

女は勢よく車から飛び降りると、運転手に何か小声で囁き、玄関の戸を開けて、私へ眼で合図した。

奥から男女の笑いさざめく声が聞こえ、車の停る音を耳ざとく聞きつけたのだろう、ばたばたと賑やかな足音がすると、若い女が四五人玄関に飛び出して来た。

「まあ、へれん、みんなお待ちかねよ」

と、馳け寄るなり、まるで抱き上げるように彼女を奥の方へ連れて行った。

私は指の美しい彼女と差しの場面を胸に描いていたのである。ノスタルジーの動かない湖が彼女の額にものう気な空気を漂よわせているのを私は熱情の前奏曲だとしか考えなかった。切れの長い瞳が、時に素晴しい火花を散らして、悪戯っぽく私の感情にからんで来たのを私は私らしい計算器で勘定していたのである。

だが、相当の人数らしい人声の中に、私はどんな配役で飛び込まなければならないのだろうか。私は玄関に立ちすくんで、ほとんど逃げ仕度をしたのである。

すると奥から、

「遊佐さん、早くいらっしゃい」

とあの女の声がして、飛び出して来るなり、

「何してるの、早く上ってらっしゃいよ」

と私の手を取り、ぐんぐん奥へ引きずって行った。

広い部屋のまん中に豪華なシャンデリヤが光っていて、その明るい光の中に十人ほどの男女が好奇の眼を光らせながら私を見ていた。

「遊佐さん。私のお友達よ」

と、私を華美な一団に紹介すると、その中に押し込んだ。

見るとそれぞれが男女の一対で、クッションに足を投げ出したのや、ソファーに寝そべったのや、腕を組み合いながら立っているのや、テーブルの上の酒を気楽に飲んでいるのや、存分にくつろいだその場の空気である。

たまたま、アベックを原則にしたパーテイに都合の良い相手が無かったから、道で拾った私を説明もなく連れ込んだのかも解らない。

私がひどく興醒めのした表情でつっ立っていると、私を誘拐したへれんがグラスに酒をなみなみ注いで私の前に持って来た。

「少しお酒を飲んで！　そして、考古学のような頭の組織を捨てて了うのよ。……人間が猿から生れて、猿が何から生れたかなんてむきになって考えたって楽しくはないでしょう。偶然を徹底してエンジョイするのが現代よ」

といいながら、私の胸に激しく抱きついた。

「だが、お嬢さん」

私は小声で囁いたのである。

「一体僕の役割はなんですか？」

「自分の好きなひとの手を取って、不遠慮な情熱をぶちまけるって役よ。誰れでも良いの。あんたの好きなひと」

こういうと、一座の者がぱちぱち手を叩いた。

向うの隅で、白いドレスを着た中年の女と腕を組んでいたタキシードの男がやって来て、

「君がめん喰ったように、僕等も一度はめん喰った組ですよ。しかし、掠奪という前世紀の感情が今日の我々にそう縁遠いものではないことも君もすぐ発見出来るでしょう」

つまり、私はコルマン髭を生した洒落者のその男に隠語のような暗示を与えられて、何か猟奇の魔薬をしこたま盛り込んで目の前の書割りをぼんやりと飲み込めた具合いだった。

「飲みましょう！」

私も、スリラーのチョッキを元気よく着て、青鬚七人の妻にいどみかかるだろう。

電蓄が鳴り出した。

シャンデリアが消えて、サイドランプの蒼白い光が靄のように部屋を煙らせる。

私はくねくねと私の体にまつわりつくへれんを抱きしめて、踊り始めたので

ある。

　支那服を着た背の高い女が、

「こんど、私よ」

　と、すり違いざまに、私の耳へ熱っぽい小声を投げ込んだ。

　そして、次のワルツをへれんはレスラーのような大男の胸にすがっている。

　私は体の線をむき出しにした支那服に抱き寄せられて、ほとんど息づまる圧迫を感じながら、まだ何処かに不安の滓（かす）がこびりついているのを捨て切れず、

「へれんて誰れなの、僕、よく知らないんだが」

　と聞いて見た。

　支那服の女は、私の顔をのぞき込むようにしていたが、急に笑い出して、

「へれんだって、アスターだって、誰れも知らないのよ。知るってことがどんなにめんどうを生むかってこと、あんたでも解るでしょう」

　といって、いきなり私の頸すじに唇を押しつけた。

　だんだん酒の廻って来たこのパーテイが、本性をむき出しにするのには、たいした時間を要さない。男の私語が低く流れ、女の嬌声が淫靡な空気を増長させる。

私はへれんの後を追いながら、支那服に追いつめられ、ざくろのような笑い方をする、花江という女の逞しい腕に酒を無理じいされると、あいの子のスザンヌにジルバーを踊らされた。

阿鼻叫喚である。相手もくそもない滅茶滅茶な場面が、部屋の其処にも此処にも起り始めると、レスラーのような男ににじり伏せられた支那服の眼を盗んで、へれんが私の腕を引っ張った。

「早く！」

私は身を翻してへれんの後を追っかけた。

石門を飛び出して、坂を降りると、さっきの自動車が道の側に黒々とライトを消していた。

もう何時の間にか夜である。

へれんは胸を張り、眼をつぶって夜の空気を一杯に吸った。

「もうあれ以上あすこにいると感覚が腐敗して了う。私の家へ行きましょう」

といって車に飛び込んだ。

彼女の家は磯子(いそご)の海辺にある別荘風の広い建物だった。後一と月で明け渡さなければならないというその家にはほとんど家具らしい家具もなく、海につき出した二階の一室にベッドと数脚の椅子と、部屋に不調和な電気冷蔵庫が一台置いてあり、廊下のカーペットが巻き上げて、其処此処にころがしてあった。

「三階に運転手とコックが居残っているだけよ。家の者、みんな、強羅の別荘に引き揚げて了ったの」

「どうして君一人残っているの？」

「英語が出来るから……それに向うの人を知っているから、もうひとあがきあがいて見るのよ」

だが、門札さえはぎ取って了ってあるこのがらんとした邸宅の中で、海の音を聞きながらたった一人へれんは何を生活しているのだろう。

棚の上からウィスキーとシェーカーを取り出したへれんは、電気冷蔵庫の扉を明けてタンサンを出し、ビッテルをたらして、軽い手つきで、シェークし始めた。

私は彼女の後から、そっと彼女を抱いて、

「ねえ、へれん、さっきのパーテイ、一体どうしたっていうの？」

と耳たぶのところに唇を触れながら小声で尋ねた。

「あれはケンタッキー倶楽部の趣味の会よ。必ず一面識もない男の人を街で拾って、同伴するのが条件なの。そして、お互い同士が名前も居所も知らせずに一晩遊んで別れて、それっ切りにするっていうのが厳格に守られているわ」

私はへれんの冷たいカクテルを飲みながら、じっと彼女の顔を見つめた。

「君のような新鮮な娘さんが、何故そんなデカダンスの中に這入ってるの。それは人生を食い飽きた人のすることだ」

しかし、へれんは、くつ、くつと笑いながら、私の腕をすり抜けて、寝台の上にでんと寝そべりながら、

「若いったって、食い飽きないとも限らないわ。同じ網に這入った鯖の顔かたちや精神を論じる馬鹿もないでしょう。ただ、恋愛がどの位い退屈で、女よりも男のひとを退化させるかってことを私はあんまり知り過ぎているの。あそこで、みんなの顔見たでしょう。みんな胸をひろげてるわよ。妙な身構えもなけりゃ、誇張もないわ。ただ肉体をぶっつけて、世の中の人が七めんどうにカバーしている最後のものを一番最初にテストするだけのことよ」

「じゃ、君は、そんな興味で、銀座の僕をかどわかしたんだね」

「さあ、そいつは、わからない。でも、私は趣味の会の空気や趣旨に賛成していても、まだ、限度をちゃんと守ってるのよ。むしろ、ラスト・シーンになる

と不思議に寒気がする……」

私もへれんの側にねそべって、あの美しい指を弄んだ。

上流社会特有の多彩な機会が彼女にあらゆる経験を織り込んだのだろう。つまり精神の木の実が実際を離れて熟して了ったようなものだ。ケッセルの「昼顔」を読んで狼狽する女が恥知らずだとも云えない代りに、少しも動じない女だって必ずしも密室の秘密を知っているとはいえないのである。へれんは知識があらゆる場合の男女関係に飽き飽きしていて、一番動物的な裸を是とする心理に飛躍して了った娘の一人かも解らない。

「だから、あそこを逃げ出して来たの？」

「そうでもないわ。ただ負けそうな感じがして嫌だったの。ほら、あのレスラーみたいな学生ね、あの人と踊って、ただ踊っているだけで滅茶滅茶な屈辱を感じてやり切れなかったの」

へれんはこういうと、思い切り大きなため息をついて、仰向けに寝ころんでいる私に少し汗ばんだ腕を巻きつけた。そして小娘が駄々をこねるように私の胸をゆすぶるのである。

恐らく、此処で私の役割は決定的なものとなったのではないだろうか。窓の向うには月の昇った蒼白い海が見える。手を伸して電気のスイッチをひねれば、月光が私ら二人のベッドに流れ込んで来るだろう。へれんが人魚になり、私が彼女を抱きかかえて海の底深く沈んで行ったとしても、ただあたりまえのコースを偶然が走ったに過ぎないではないか。

　私は、

「へれん」

　と小声で彼女の耳に囁き、矢張り筋書通り、枕もとのスイッチを消したのである。

　それから十日して、私はもう一度へれんを見たくなった。

　実をいうと、あの翌朝私が眼を醒した時、へれんはもう居なかったのである。がらんとした人気の無い邸宅の中でたった一人取り残された私は、昨夜のことが何か私の妄想ででもあったかのような錯覚に悩まされた。昨夜の痕跡を残す何物も残っていないで、ただ、波のように乱れた白いシーツと、四五脚の椅子と、電気冷蔵庫がある許りだった。その冷蔵庫の上に、

「十日目にも一度いらっしゃい」

　と書いた紙切れが残してあった。

その十日目が来て、私は決して夢ではなかったへれんの、あのしなやかな体がくねくねと私の体にからみつき、居ても立ってもいられない昂奮を感じ始めた。

なんとなく雲を摑むようなランデブーだが、「十日目にもう一度いらっしゃい」には判然とした計画が含まれていると見るべきだろう。あの磯子の空屋のような邸宅がどう変化していようと、この短い書置きの必要では、へれんをあの家に探し求める以外の手はないのである。

私はその日の午後、桜木町から車を飛ばしてうろおぼえの磯子に彼女を求めた。

海が銀色に煙っている。

あの夜、へれんのすすり泣きを聞きながら窓越しに眺めた磯子の海は浴びるような月光に蒼ざめていたが、雨曇りの今日は空も海も灰色に眠っている。

見おぼえのある邸の前で車を停めると、表門がぴったり閉っていた。勝手の通用門を押すと開いたので其処から中に這入り、前側を一巡して見たが何処も厳重に戸が下りていて、人の気配を感じない。ポーチの側の少し倒れかかった竹垣を踏み越えて、芝のぼうぼうと伸びた庭へ廻って見たが其処も窓という窓には鎧戸が下りていてひっそりかんとしている。ただ、伸び上って見ると、先夜のへれんの部屋と思われる一室の窓だけが開け放ってあって、白いレースのカーテンが海の風にひらひらと動いていた。

「へれん！」

私は爪先き立って伸び上りながら、小声で呼んで見た。

すると、窓枠に予期しない派手なガウンを着た男の姿が現われて、怪訝そうに私の方を見下ろしていたが、一寸姿を消したかと思うと、又乗り出すように窓に取りついて、

「へれんはゴーンナウェイだ！」

といって、ばたりと窓を閉めて了った。

一瞬何処かで見たような男だと思ったのが、あのパーテイに居たレスラーのような学生だったのである。

「ただ踊っているだけで滅茶滅茶に屈辱を感じてやり切れなかった」

と、肉体的にへれんを奔馬(ほんば)のような情欲で苦しめたあの男だったのである。

私はその瞬間、悩ましいへれんの体が私の体内を駆けめぐり、一時にかっと燃え上るように感じた。そしてなんともいえない苦渋なあとくちが私の胸にぬ

らぬらとぬめって息ぐるしかったのだが、もう一度見上げた窓には既に鎧戸さえ下りていて、森閑として大邸宅は殻を閉じた牡蠣のように静まりかえっていた。

女と花

ある朝たずねて来た女が、

「あたし、外套が欲しい、外套が欲しいと夢中になって考えるときまって外套が手に這入るのよ。靴が欲しいと思った時も、ハンドバッグが欲しいと思った時も、何時の間にか誰れかが持って来て呉れるの……」

と、まるで白い雲に乗ったようなことをいった。

「その外套は空をふわふわ飛んであなたのおうちの窓から飛び込んで来たっていうんでしょう」

「まあ、よく御存知ね。欲しい欲しいと思って夢を見ながら寝たら、あくる朝、私の胸にふわっとかけてあったの。あたしとても疲れていたけれど、シュミーズの上にその外套を羽織って窓を開けて見たら白い雲がいっぱい飛んでいたわ」

心の優しい男は、彼女の寝ている間に魔法のトランクから毛皮の外套を出して彼女の体にかけてやり、すやすや眠った寝顔にそっと接吻して窓から出て行ったのだろう。

人抵の男は娘の蜜を吸って花の中に寝かしつけてやりたいものだ。

「そして君のハンドバッグの中には何時でも誰れかしらが小切手を入れて置いて呉れるんだろう。アパートに帰れば暖い夕食が君を待っていて、君がひとこともロを利かずに心の中で匂いをかいでいためずらしい果物が棚の上に置いてあるんだろう。煙草が吸いたいと思えば誰れかしら火をつけて呉れ、シネマに行きたいと思うと誰れかがタクシーを停めて呉れるんだろう。君は首にかけた真珠の頸飾(くびかざり)が男の欲望でだんだん長くなるのを知らないで、今日も青い空を眺めている。ほんとに君は花飾をつけた小山羊さんだ。ところで僕に一体どんな御用事がおありなんです」

ああ、この見ず知らずの美しい少女は、私のアトリエのソファーの上に怠惰の薄絹を着たシバの女王のように寝そべって私の煙草をうまそうに吸っているのである。

若さが皮膚の奥によどんでいて、霞(かすみ)をこめたような表情が何かしら遠いところを眺めている。

レ・ロンバーの香水がむっちりした乳房のあたりから流れ出して、私を甘ったるくくすぐるのである。

「お花の市に連れて行って頂くのよ。今日から霞山荘の公園がお花で埋まるの……」

「それは初耳ですね。だけど、どうして一面識もない僕を相手に選んだの？ファーコートや、ハンドバッグや、小切手のお友達をどうして選ばなかったの？」

「あたしにはお友達なんかないの。今朝起きて、眼をつむって電話帳を開けたら十八行目にあんたの名前が出ていたの、あたしの年十八なのよ。だから十八行目の名前に極めたの……」

私は貧乏絵かきだからこの美しい娘さんと飛行のタッピーに合乗するためにファーコートもハンドバッグも買えない。しかし花の市である。彼女の小さい胸一杯花を抱かせても花は花でしかない。こんな夢を夢に重ねて夢のボタンで心臓を飾っている娘さんに逢ってはこちらも心臓のほころびを綾糸で飾らなければならないだろう。

「ＯＫ、ＯＫ、僕はシバの女王の奴隷にでも輪タク車夫の地下足袋にでもなりますよ」

私は女の腕をかかえて要するに街へ出たのである。

さっき大分県の煮干雑魚を河岸から積んだタクシーが、ささくれたタイヤーで埃をあげながらこちらにやって来る。

「あら駄目よ、そんなきたない車」

ああしかし、一九四八年のビュックもクライスラーもダイアナの金の征矢のように疾走しているのである。脊髄カリエスにかかったびっこのあひるの東京タクシーの、ぽっぽと煙を吐く車から、バニテーの白手袋を探し出すことはなんと困難なことだろう。

だが、よたよたのタクシーに裳をつまみあげた王女が乗り込むと、かぼちゃの車が金の馬車になり、

「もうじき春よ……」

と囁く娘さんの唇が滅法なまめかしく光った。

ところで、霞山荘の公園の花の市というのは、花の市に花を運び込む花の市の人が、運び込んで来るおびただしい花の山の花のせり市である。

彼女は見る見る内に花の山の花束の中に飛び込んで外套をぬいだ。

百千万の花の香が彼女の肌にしみ込み、女のベッドにアラセイトウの花吹雪がまき上り、ライラックの星が虹のようにきらめいて、赤白黄色のバラが彼女の長い黒髪にぱっと咲き出したのだ。

そして抱きかかえたおびただしい花の蔭から彼女の名を呼んで、びっこのあ、ひ、るの私が花言葉の合図をすると、当り前な顔をして河岸の片側街の白いアパートに私を連れて行った。

小ぢんまりした女部屋のまん中に白いベッドがあって、ばらまいた花がシーツに花模様を描き始める。

「あたし花に酔って了った……」

といって薄いシュミーズ一枚になり、のびのびとベッドに寝そべった彼女は、驚いたことにはすぐすやすやと眠り始めたのである。

私が寄りそって、肩に手を廻し、男の秘密の甘い言葉を囁いてもただすやすや眠っているのである。

私はこんもりと白い胸に盛り上った乳房に軽く枕して、彼女を私の夢の中に誘い込んだのであるが、ただ吐息づく彼女のなげきは、彼女の夢の中の情熱となって若い唇の上にふるえるばかりだった。

花のしとねをかきみだし、白い女の肉体がのた打ちまわり、汗ばむ肌に遠い青空が浸み込んで来ても、怠惰に沈んだ十八の娘は昏々として眠る眠りの女王である。

二時間ほどたって、私は立ち上った。

青空の浸み込んだ肌は激情にひしがれた白い花びらのように震えている。私は花を裸の体の上に積み重ねてドアの外に出た。

彼女の眠りが売淫を美化して、彼女自身の夢に夢の花々を咲かせることを私は悲しく考える。

帝政露西亜の王女が、コカインの知覚で売淫を夢化陶酔したように、十八の娘が現実の激しさから眠りの幕を垂れ込めて、遠い夢幻の世界に逃避する術を取りあげたことは可憐である。

私は心愉しく彼女を頭に描いたのだったが、それから三日目の夕方、堀留署の刑事が私のアトリエにやって来て、旗野まりゑがあのアパートのあのベッドの上で死んでいたことに関して私に様々な質問をした。

死んだ枕もとに電話帳が置いてあって、霞草が挟んであり、そのページの私の名の下に口紅で赤く線が引いてあったそうだ。

多分、旗野まりゑというのは偽名で縁故を手繰る手がかりは一つもなく、従って口紅の赤線の私に何かの手がかりを求めに来たのである。

「自殺ですか?」

「まあ、一種の自殺でしょうね。モルヒネ中毒ですよ。客を取るたびにモルヒネを注射していたらしく、何かの間違いで適量を越えたのでしょう」

「覚悟の自殺じゃないかしら、つまり故意に致死量を注射して……」

「いや、その日も注射してから男と寝た模様です。寝ている内に女が死んでいるので驚ろいたのでしょう。蒲団の替りに体一面花がかぶせてありました……」

私はぎょっとしたのである。しかし、私が彼女の眠りを抱きかかえたのは三日前の午後である。刑事の話は昨夜の出来事なのだ。

矢張り私を連れ込んだように霞山荘の公園の花市に男を誘って、花をかかえながら男と抱き寝したのだろう。帝政露西亜の王女の話をあの時私が想い出したのは不思議である。あの時も彼女はモルヒネのしびれるような膜を一皮透して、私と肉体を接していたに違いない。

だが、彼女の若さと美しさはとうとう醜いものを見ないで花に埋れ、感覚の美しさだけに解け込んで透明な世界に遊離して行ったのではないかと私は考える。

刑事に連れられて彼女の死体を私も見に行った。

私は一枚しか持ち合せない外套を売り払って、彼女の葬儀費に当て、無縁墓地の墓標に出来るだけ多くの花を飾ってやった。

「欲しい欲しいと夢中になって考えると、なんでも手に這入って来るのよ……」

そして彼女は冷たい土の中で、私の積み上げた花を欲しい欲しいと思ったに違いない。それだのにこの私はたった一枚しかない外套を失って、まだ春遠い朝夕を、寒さに震えなければならないのである。

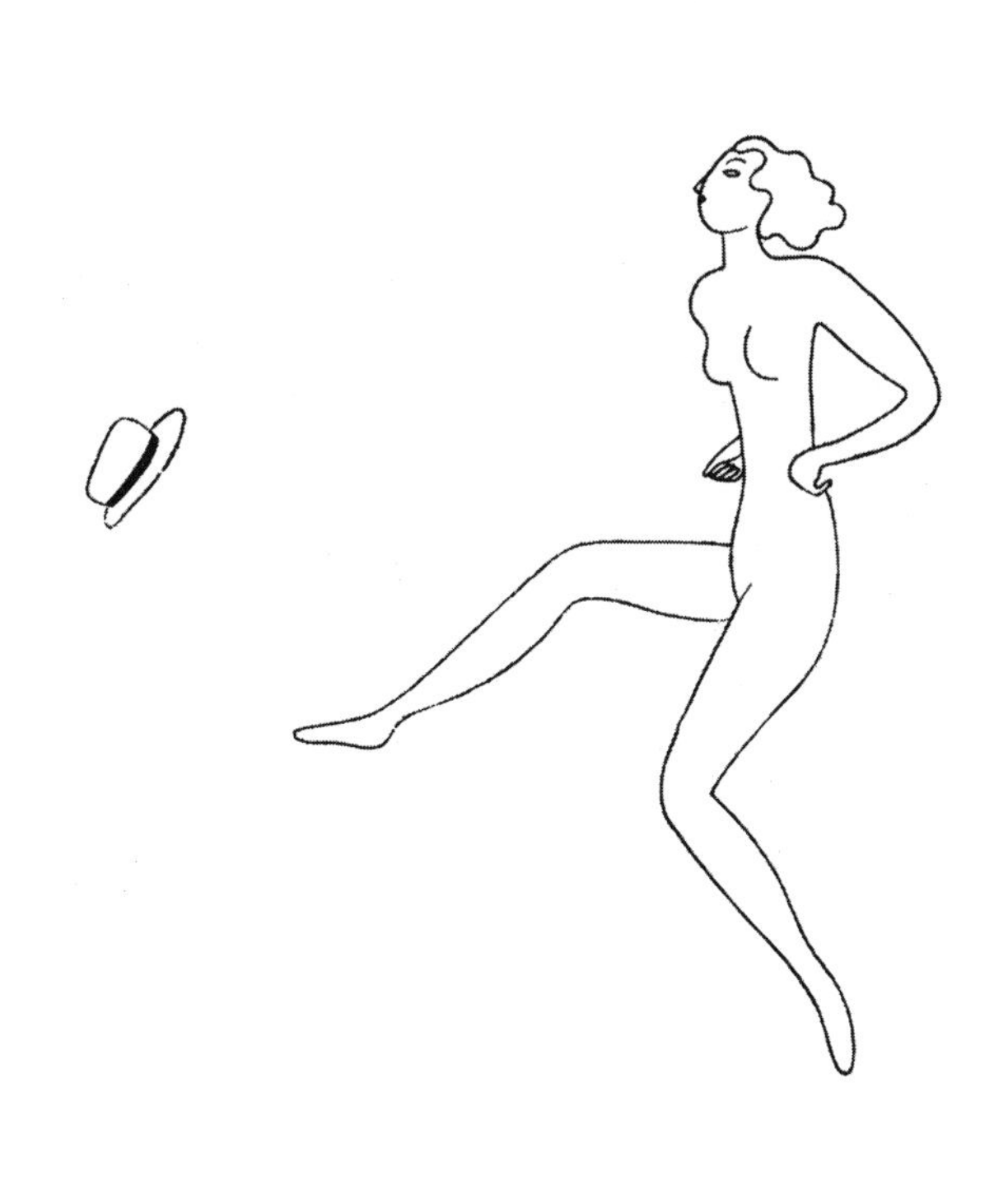

ぺてるとさぼてん

通称をぺてると呼んでゐる娘の家に、二百坪もある温室があつて、それに千種以上のさぼてんが並んでゐる。その娘は年頃になると兄を仮想の恋人に仕立てて、他の男には振り向きもしなかつた。これほど安全な恋愛はないだらう。しかし、こんな児戯（じぎ）もその兄が丹精するさぼてんの成長のやうに不可解な成長を遂げるものらしい。ぺてるは潮の満ち退きにも似た兄の心の動きにひたすら心を傾けてもう二十五歳を過ぎた。その兄が、どのやうな心境の変化か、その尨大（ぼうだい）な温室に育つたさぼてんを全部私に呉れると云ふ。ぺてる兄妹とさぼてんの離別には何かほの暗い暗示があるのではなからうか。ぺてるは夜花の咲くさぼてんの鉢を私の家のピアノの上に置きながら「あたしもう家に帰りたくないの」と云ふのである。

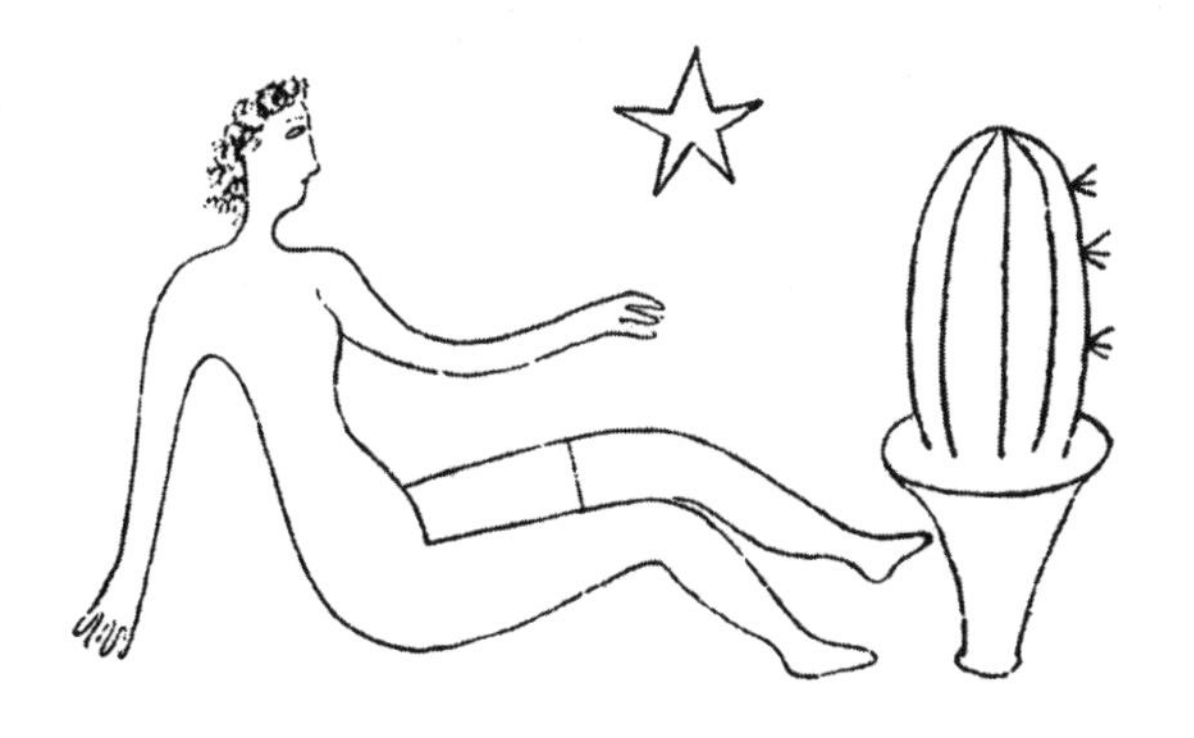

兄と妹とサボテン

兄さんが名古屋に転任したから誰か良い友達を紹介してやつて呉れないかと頼んで来た女性がある。あまり古いつきあひではないが奇もなく妙もなく、水のやうに淡々としてゆき来してゐる。下町の旧家の娘で、十人並みの、まづ美人型に属する女だらう。年は二十六、何時も好んで地味な着物を着てゐる。この人は結婚否定論者で、近所の評判に上るほど兄を愛してゐたらしい。何処へゆくのにも兄さんと二人、事情を知らない人々は若夫婦おそろひの外出だと袖引き合ふ位だつたさうである。同性恋愛で普通の恋愛以上の情熱を見聞する我々は、兄妹の愛情が絶対的な純粋さを還元する事が有り得ないとは思はれない。その兄が名古屋へ転任する事になつた時、その女は実に苦しんださうだ。これが兄と妹の場合でなかつたら、どんな障害でも勇敢に押し切つたであらうと思はれるほどの悶えを感じたさうである。が、結局兄の栄転を祝さなければならない立場に置かれた自分を発見して、泣きの涙で別れたのだと云つてゐるが、肉身の愛情を寧ろものゝうく感ずる年配、未知の世界に強い興味を燃やす年配の女性にこのやうな現象が稀にはあることを目の当り見て、私は不思議に思はれてならなかつた。

「兄さんが遠くに行つて了つたのだから、今度こそ、良い恋人を造つて、結婚するんだね」

と半分ひやかす気持で云つたところが、「誰れがそんな気持になるもんですか」と云つて睨みつけられた。

「私の兄さんはサボテンが好きで庭一杯、何千種と云ふサボテンがあるのよ。よる花の咲くサボテンを兄さんと寝ないで見つめたことがあつてよ。だけど、兄さんが行つて了つたんぢや世話の仕手がなくなつたから、此処ん家へ持つて来ていい？　兄さんも喜ぶわ」と云つたあくる日、一台のトラックに満載されたサボテンが届いて来た。私は庭一杯にそのサボテンを並べながら、この不気味な形容詞を持つたサボテンと、蒼白い神経の彼女と、異性にそそぐ愛情をその妹とサボテンにそそいだ兄と云ふ人のただならぬ感覚に鬼気を感じたのである。この人は恐らく私の女友達の内で一番異色のある女性だらう。彼女は毎日名古屋の兄に丈なす手紙を書いてゐる。ある日偶然なことからその手紙の反古を手に入れたのだが、こんなことが書いてあつた。

「うす暗くなつて兄さんのサボテンを見に庭へ出たら、温室の窓に鳩が止つてゐるのです。どうしてこんなところに鳩がゐるのだらうかと足音を忍ばせて、そつと近づいて見たら、婢(ねえ)やが取り込むのを忘れた私の白足袋だつたのです。」

カルバドスの唇

――恋愛的漫歩――

皆さんは、昨日マニキユアに行つたばかりの綺麗な指でテニスコートの草をむしつたり、うどん粉まみれになつてプロンブ菓子を造る割烹の時間が即ち実生活に延長されるものだと思ひ込むほど、張りのない心臓の所有者ではなからう。僕は、皆さんがうつとりとする白昼夢の中に織りなされた、かずかぎりもない夢を知つてゐる。その夢が、これからあなたの迎へようとする「生活」を結局は操縦して行くのだ。

あなたが今、あでやかにウインクする「現実面」はなんと云ふぬくぬくとした寝台だらう。僕はその寝台をあなたと一緒に夢みながら、一切の現実的カムフラージユを冷笑する。

うどん粉六十二瓦（グラム）、塩十六瓦、砂糖三十二瓦、バタ三百七十七瓦、卵六個に呪ひあれ。ドロレス・デル・リオがいくらドーナツの名人だからと云つて、彼女の恋愛が其処から発生し、其処に培はれると誰れが信じ得よう。

熱情のこもつた薔薇の花のかはりに、肉のこもつたコロツケを彼に贈る少女があつたとしたら、彼の食慾は、忘れられた薔薇の花のために萎縮するだらう。

私ごはん、とても上手にたけてよ

こまるわ、私ごはん、たけないんですもの

もしかう云ふ二人の少女があつたとしたら僕は当然「ごはんのたけない少女」により以上な恋愛風景を感ずる。恋人と手を取りあつて散歩する道すがら、「まあやすいわね」と云つて一山十銭の馬鈴薯を発見する眼ざとさを彼女が持つてゐたとしたら、これは人生の悲惨事だ。僕のステツキでたま〳〵止つた自動車が、ぼろ靴のやうなフオードだつたために感情を害して仕舞ふ彼女を、なんと僕は尊敬することか……。

人はパンのみで生くるにあらず

おんねぷうべぱびいぶるさんざむうる(5)

ただあなたがたは渺漠たる蒼空に浮んだ三日月に腰かけて、なまめかしくなやましく、恋の口笛を吹きつづけることによつて、おろかなる地球の自転を忘却し去れば良いのである。

現在の女学校は、僕等の心臓に狭心症的発作をもたらす……彼は彼女のコロツケとプロンブ菓子によつて慢性腸加答児的人生観を持ち「使用に堪へなくなつたワイシヤツでズロースを二つ作る法」は彼のワイシヤツを桃色にする。

「こんな地味なズロース、はくのいや」

彼にとつて、唐物屋のウヰンドを飾るワイシヤツは、二倍されたおびただしいズロースの山に外ならないのだ。

まるで内容の異つた、この二つの物件から、色彩効果的一致点を発見する事は何んと云ふ困難な事業だらう。

一方、皆さんは、僕等の生活に腹立しいほど関係のない藤原鎌足が、蘇我入鹿を滅すために、一丈六尺の釈迦如来を作つたと云ふ事を記憶するため $C_2H_4O + NaHO = NC_2H_3O + H_2O$ の方程式で醋中に現存する純醋酸の「ペルセント」量を算出するため、惜んでもあまりある貴重な青春の幾パーセントを磨滅し、一に二を足して三になると云ふ難解な問題によつてあなたを待ちわびる彼の純情をべとべとにしなければならない。

つまり女学校は皆さんが子供から女に進出する中間期を、対他的に意義づけるため、最も醜い女にしか必要とされない生活上のカムフラージユを、皆さんにさへ無理じいする野蕃地帯だ。

単的に云へば、あなたがたがこれから這入つて行く「生活」は、あなたがたがこつそりと教室の隅で使用し続けたバトン・ド・ルージユの驚くべき消耗率が算上する活舞台であり、一見必須なディプロームとしか思はれない良妻賢母的馴育が、なんと正反対な渋面を皆さんの恋人達に作らせるか……。あなたがたはアーサー・モリソンの "Cette brute de Simmons" を読んだ事がありますか?

——皆さんはまだ、皆さんの眼、鼻、脣、指、髪、頸が恋そのものであると云ふ自意識にめざめてゐない。しかし日ならず、彼等があなたの驚くべき美しさの前で口づさむ感嘆詞によつて、あなたの自意識は俄然ものういうたた寝の夢から呼びさまされるだらう。乳房は重量をまし、その先端を飾る宝玉はルビーの紅によつて色どられる。そして、フライパンと一山十銭の馬鈴薯と、藤原鎌足と定量法の方程式が、新価値樹立と共に崩壊して、朗らかな青春が皆さんの前に展開するのだ。

僕は恋人選択と云ふ極めて重大な人生行路の出発点で、皆さんの美意識を祝福したい。

僕は皆さんの洗練された美意識が、あなたがたの室の何処かに秘められてある夥しいプロマイドで、何時の間にか訓練されたものだと云ふ事実を尊敬する。

嗚呼いまはなき人の数になつた、ルドルフ・バレンチノ[6]、さてはラモン・ナヴロ、ロナルド・コルマン、リチャード・アーレン、コンラッド・フアイト等が、中間期における皆さんの無聊をなぐさめて刻々とすばらしい美意識を呼びさまして行つた驚くべき事実を必ず皆さんは発見するだらう。

「まあすてき、あの人ラモン・ナヴロそつくりぢやないの……」

そして早速、彼と手を取り合つたあなたが帝劇のボツクスでラモン・ナヴロを見物する。

左手で女をかかえて押したふす様に接吻するナヴロの熱情をあなたは御自身の上にこつそりと描いて見たいでせう？　それは楽しい夢だ。たとへあなたの脇に腰かけてゐる彼が何時の間にかぐつすり寝込んで仕舞つてゐたとしても、彼はあなたと同じやうに、その楽しい夢をほんとに夢みるため、プラリンのやうな甘い眠りに落ちてゐるのだ。あなたは彼の手をぎゆつと握る。彼が驚いて眼をさますと同時に写真はハピーエンドを告げて場内が明るくなつた。彼はあなたを促して廊下に出る。

「月並だね、あんな風に愛されたらどんな女だつてたいくつしちやう」

つまり、彼は蒼ざめたスクリンのナヴロとあなたの感覚的関係に嫉妬を感じ初めたのだ。

しかし、あなたは「あんな風」以外の愛しかたをどうしても考へ出せない。

「第一表情がいや味だ。とろんとしてゐて摑みどこがない……」

それであなたはびつくりしても一度彼の顔を見る。ああなんと云ふ相違をスクリーンのナヴロと彼の上にあなたは発見するだらう。あなたのナヴロであるべき彼は、彼が云ふ如くとてもいや味な表情を連続し、彼が云ふ如くとろんとして摑みどこすらないのである。

「あたし、ナヴロだいきらひよ……」

しかし彼は、この言葉が彼に向つてはなたれたと知る由もないから、やつと愁眉(しゆうび)を開いて次のランデヴーをあなたに強要するのだ。

そしたらあなたは返事する。

「おやすみなさい……」

あなたの空想が、尨大な飛行場をルーフ・ガーデンに所有する第百四十五階目の大アパルトマンへ飛躍するとしても、ダンスは常に現代生活のトピツクムーンだ。

彼は燃えるやうな瞳をこらしてあなたにささやくだらう。

「あなたは星の様に美しい」

ああ僕は、月光の蒼白い屋上庭園で踊るタンゴの一節が、あらゆる恋愛のクライマツクスであることを知りすぎてゐる。あなたは眼をつむつてこまやかな彼の囁きに耳をかたむけ、あなたのからだ全体が、なま暖い液体以外の何者でもない感覚によつて、彼の血圧を極端に増進させる。この陶然たる恍惚状態が地上的な一現象であると誰れが信じ得よう。ひと踊りすむと彼は月の光のまばらなパロマの蔭にあなたを誘つて、非現実的な夢のかずかずを囁きつづけるだらう。

あなたの体はあまりに霊能的な一個の気嚢（きのう）となつて、蒼ざめた空間に吐息づき、アマミーで薫る彼の熱した脣は無限の静けさであなたに肉迫して来る。
　それから先きの事は…………
　僕もマツクス・エルンストの様に
　れ[7]ぞんむなんそうろんりあん
　と、とぼけるより外はない。
　みなさんこそ、ご存知でせう。

「私の彼、コンラッド・ファイトみたい、肩幅が広くて、色がとても黒いのよ。私あの人の腕にすがつて町を歩くと、ツエツペリンに乗つたやうな気がする。

………

「あたしのルディ胃弱よ、……悲観するわ。

　しかし、彼女は胃弱である事によつて彼のデリケートさをひそかに誇り、あなたはスポーティフな精神と色の浅黒いコンラツド・ファイトの肺量によつて、ルディのウルバニテーを憫笑（びんしょう）するだらう。そしてそれ等の千差万別な偏執的な皆さんの趣味が、実は皆さんの生殖線内に分泌されるホルモンの多寡に左右されてゐる事を何気なく閨房（けいぼう）の隅に押しやつてあなた方の教養をひそかに誇り、孔雀のやうな自意識を持つて益々美しく進出する。

昔友達は楽しいものです。

皆さんはとある午後のティータイムを昔の女学校友達と過されるだらう。そして皆さんの恋人達が皆さんに贈つた桃色のグラッピスマンを疾走するエスパノ・キヤラント・シユボーに満載し、息をもつかず語りあふ事でみなさんの友情は、テーブルに食べ荒されたチョコレートの銀紙のやうにきらきら輝く。

あなたはあなた以外の彼女が語る一切を一つ一つ取捨して、或ひは羨望し、或ひは自負し、たとへば新橋駅頭であなたを待つ彼に、驚くべくなまめかしいウインクを送るのだ。しかし結局はあなたと彼のみの世界で、この世界はある。

あなたは彼の胸に顔をかくしてなやましくも歎くだらう。

Curses-not loud, but deep.(8)

ああ　僕はそれを知つてゐるのだ。

あなたは銀座を歩く…………

あなたは其処に散在する止め度もない恋愛のフラグマンに甚だ無関心だ。しかし、其処を漫歩するおびただしい青年紳士は、あなたがたの、あはれかりそめなまばたきにすら全世界を感ずる恋愛夢遊病者の一人々々なのである。

あなたはチンチラの毛皮に唇をうめ、オニツクスの光をもつて輝く靴の尖端に彼等の心臓を蹴あげつつ傍若無人な銀座行進曲を続けて行くだらう。

ああみなさんは、あなたがたの背後を押しあひどよめく青年の群が、あなたの美しさによつて高調した熱情の潮であると、ひそかに自負し観念する哲学を哲学し、お汁粉とみつ豆に牽引される人間的な、あまりに人間的な食慾を抑制しなければならない。しかしあなたは、下宿屋の一角で終日講談本を愛読する学籍のない学生だつたり、散髪屋の下職だつたり、青島牛の御用聞きだつたりする彼等、銀座と云ふ特殊な空気で美事に扮装したバタール・ド・プランスの讃辞と驚嘆を破れた手袋のやうに惜し気もなく投げ捨てて、とある喫茶店で、時計と三杯目のコーヒーを嚥下(えんげ)した、あなたの彼を発見するのだ。

「何かめしあがる?

「ぢゆねぱふあん

「お菓子は?

「のん、めるし
「ぢや、なに？

「おちちよ、カルバドスいれた……

さうだ。あなたは数分後、又は数十分後、あなたに求めるだらうところの彼のくちづけを更にエフエクテイブならしめるために、アスターの焼売(しうまい)と、梅月のお汁粉を敢て斜眼視すべきだ。カルバドスはあなたの唇に七月の夜のさわやかさをもたらす。

そして彼は囁くだらう。

「あなたの唇はシンガポールの味がする」

僕はも一度くりかへさう、
おんねぷうべぱびいぶるさんざむうる
あなた方はまづ恋愛を把握する事によつて現実の方向を知り、現実の方向を知る事によつてふたたび恋愛の真価に味到するのだ。
やがて一山十銭の馬鈴薯があなたの恋愛に闖入(ちんにゅう)して来る時が来たら、現実の中にふくまれた恋愛感覚の「ペルセント量」を定量法の方程式で算出し、煙出しの横にかかつた三日月にこつそりと唇を求めるのだ。

ああそして、みなさんの前に茫漠たる人生が、いまはしいラス・ド・ピツクで煙る時、みなさんの手に残る最後の切り札は常に恋愛である。

朗らかなあなたの瞳、
くれなひの唇、

「つかれたね………

「あたしも…………

curses-not loud, but deep.

ああ、僕はそれを知つてゐるのだ。

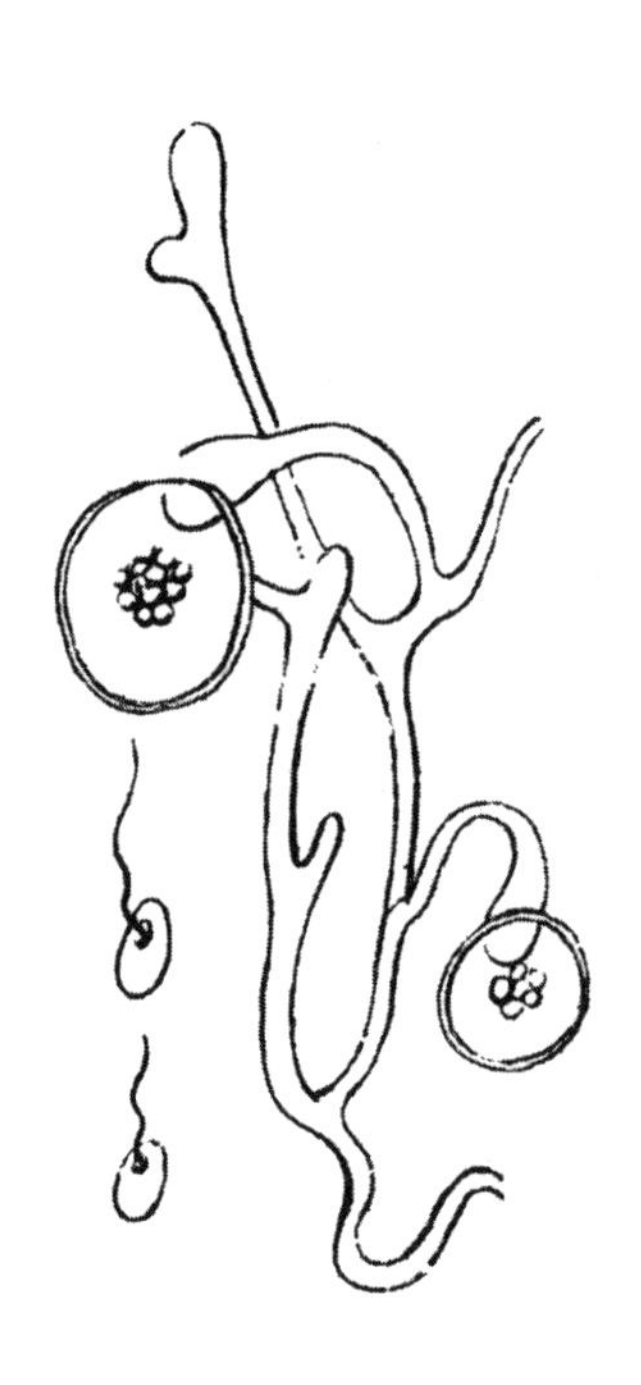

義手義足空気人形

フェルナンド・コルネーの書いた小説に出て来る或る科学者は、外科手術に依つて自由に人間を製造してゐる。

人間の精虫の中から、優れた特質の原子となる細微菌を採つて、生殖力を滅殺する強力な光線にかけられた精嚢へ、現在行はれてゐる種痘に似た方法でその細微菌を移植するのである。

コルネーの書いてゐる五千年後の空想は「可能に立脚した空想」と云つた感じが多量に含まれてゐるやうだ。

若し現在の外科医が鼠やモルモットを一日に数十匹となく活殺して実験台を血塗つてゐるやうに、ほんとの人間を自由に使用出来たら、コルネーの優生学的なフェコンダッション・アルティフィシェル[9]は、朝顔の変り咲きを求める以上に至難な事ではないだらう。

エウェールス[10]の「アラウネ」も、その空想があまり科学味を帯びてゐないけれど、所謂人工受胎と云ふ興味には鮮やかに触れてゐる。

　エルマフロディット（雌雄両性）なども、単に畸形物視するより、なんとか一工夫を其処に擬したら、植物学上の自花授精と云つたように簡便な生殖機能が作れさうだ。

　生殖と性交が断然独立して、繁殖を目的とするラボラトワールが、産業的に企画され、外科的な合理から、必要な量を一定の期間に造り出すと云ふ事が若し可能になつたら、この繁雑な人間生活の悶ましさを幾部分でも減少する事が出来るだらう。

　避妊法や独身税（タックスドセリバテール）の必要だけでさへなくなる訳だ。

　文化の速度が激しくなればなるほど、生殖と云ふ事が生活そのものを至命的に圧迫して来るのは結局社会組織の変則な発展の為めだらうけれど、一杯の酒でさへ、厳密に云つたら神聖な生殖作用に影響する様なオルガニズムは甚だ不便と云へば不便である。

　ポアソンダブリルが、電話一つでお母さんの膝もとに、何か、桃色のリボンでゞも飾られた籠に入れられて贈り届けられるなどと云ふのも、すこぶる稚気（ちき）があつて面白いではないか。

ところで、そんな事になると今度は結婚と云ふものが全く種族的観念から独立して来るから、これは単に専有本能の結ばれとしてのみ生ずる現象に終つて来る。だが、一方、極めて合理的な優生学的フェコンダッシッンが進展して行くのだから、早晩人間のかうした劣情も取り去られるだらう。その結果、性交などと云ふものは一つのディストラクションとして、すこぶる気の置けない事になり、其処に又必然なシステムと様式が生れて来るに違ひない。

併し、これ等の事は一見して容易に人間の空想が描き出せる可能性を帯びた学理的な合理が多少とも含まれてゐるだけ、奇矯な刺戟は私なぞに動いて来ないのである。

さうかと云つて、左甚五郎の京人形や、コンドフマンのオリンピアの様なあまりに非科学的稚気は所謂「人造人間」と云ふ、我々近代人の感覚から描き出されるメカニズムにとつてどうも枯淡すぎる。

私は「メトロポリス」[11]の中に出て来る金属性の偶像を熱愛したり、義手義足義眼義毛等に一種の興奮を感ずる人間だ。

巴里のRエドワード7あたりに松葉杖をついた義足のマドモアゼルが夕方になると散歩してゐた。そして、彼女が非常な美人だつたと云ふ事よりも、彼女が義足をつけてゐると云ふ事があらゆるダンディーの興味を惹いてゐた様だった。数ヶ月後、アンギャンにある建築家Cのヴィラで偶然彼女を見たのだが、磨き込んだエナメル製の右足が不思議な魅力をみどり色の絨毯に浮してゐた。

義手や義足又は人体標本などのスタティックな物質感が妙に変則な魅力を私に持つ理由は、それが如何にも生きた人間の一部分を如実に模倣してあると云ふ点よりも、まるで要素と質を異にした「物体」が、それを使用する人間の意志に全く統治されないで冷やかに連続してゐるその異様な関係に一種の誘惑を感ずるらしいのと、我々の四肢にはおよそ似ても似つかぬしらじらしいマチエールの冷たさが不思議な情感を私に起させるのではないかと思ふ。

クラフト・エービンが、十三の年から濡れた着物に性的な刺戟を感じた男の事を語つてゐる。この男は通常の着物に対しては全く無感覚だつたが、俄雨などで若い女がその着物を濡す場面なぞに遭遇すると、甚しいエキシタッションを感じたと云ふ事である。

その他、毛皮に対して異様な情熱を抱いたり、磨き込んだベルニの長靴に性的な興奮を感じたりする変則なフェティシストは随分多いと思ふ。

医学上で使用されるフェティシスムは、愛する者に所属した物品内至物体を偏愛するのではなく、物その物に傾倒的な情感を動かす異様な精神状態を云ふのだ相だ。

で、我々の様に至極風変な機能の所有者で、所謂フェティシストたる学術的銘名を附せられる極端な変態性に至らない者にせよ、人それ〴〵の官覚で、ある特定の物質から来る特定の感覚を変則的に熱愛すると云ふ事は、極めて概汎の事ではないかと思ふ。

その点で、若し現在の技術が非常に進んで、実物と少しも変らない様な義手や義足が出来たら、私の感ずる不思議な誘惑は大いに減殺されるに違ひない。──あのキラキラと磨き込んだエナメルの感じと、金属性の光沢を帯びた関節のメカニズムが私の胸にこたへるのである。

たとへば、白色エボナイトや、石綿や、雲母や、硬質陶器、又は鋼鉄等を基本にして、あの義手や義足の方法で作られた実物大の女身像を私が一つ所有したら、私の空想は惜気もなく銀座や巴里を忘れ去るだらう。

そして、一脚の純白な手術台の上に彼女を横へ、雑音の漏れない冷やかな密室の内で、不思議な戦慄と密語に恋愛と紛糾と食慾を忘却し去るだらう。

無生物なるが故に私は彼女を熱愛するのだ。

其処には無生物なるが故の限りなき嬌態と暴慢と従順が密められてゐる。

私は人間のオルガニズムに必要な栄養素――オキシジェーヌ、フォスファート、イドロ・カルボン、窒素、などのミクスチュワが小さなタブレットになつて発売され、地球上の彪大な面積が麦と馬鈴薯を完全に根絶したら、硬質陶器製の真四角な家に閉ぢこもつて、手術台上の彼女を、木乃伊（ミイラ）の様に愛撫したいのだ。……


だが、これは性的な興奮ではない。

たゞ、其処に発散する異様に冷やかな物質感の世界が、感覚的に私を寂静たる詩の世界へ誘致するのである。


「人造人間」を単に必要に迫られた性慾的対照として考へると、実在的に、甚だその範囲が広くなつて来る。

アルベール・シャポタンの inventions baroques の中に、ある船の船長が、人造婦人（ファンムア・ティフィッシエル）と長い航海を共にしてゐた事が報告されてゐる。

これは護謨（ゴム）製等身大の、空気枕式に息を吹き込む裸体美人だつた相である。

しかも、この船長は前後数回の航行の結果、天然のプロヴヰダンスに対してひどく冷淡な後天性を作つて仕舞つたと云ふ。

世界大戦の塹壕でも、この種のものが盛んに使用されたと、良く耳にする話だつた。

携帯便利なだけでなく、船員の場合、一朝危急な時には、たちまち救命器に役立つたりして至極妙であるなど、大道商人の口説めいて可笑しくもある。

から云ふ種類のものは、その要求が人間の本能に絡んだ根強い所にあるから、単なる茶気やいたづらつ気以上に、作る人間も使用する人間も不思議な熱情が其処へ涌くに違ひない。たゞ、様々な報告書などに寄ると、前に書いた船長の場合の様に、何時の間にかそれが本格的な要求に変つて来るらしい習慣に対する複雑した人間性の方向が、ひどく奇怪な断面を私に描想させる。

——護謨の臭気で充満した密室の内部には、張り切つた肉体を意志の無い無生物のみが示し得る異様なポーズで累々と露出する空気人形の秘密が閉されてゐた。

男は、はれぼつたい眼を浮かしながら、くらげの様に汗ばんでゐる。

その男は日向に取り残されたシトロンの様な肌を、張り切つた空気人形の胸に押しつけて、しかし、十本の指が蚕の様にふるへながら、一度にくづれかゝつて来る無数の空気人形に悶ましく圧しつぶされる。

尺とり虫の様な性慾を持つて、魚の様に無口で、あゝ、しかもモルフィーマンの様に無気味な眼をぎよろつかせる男。

私は書斎のディヴンに寝そべつて、その男と空気人形に奇怪な羨望を感ずる。私にも護謨の臭が感じられるのだ。

しまひには、尺とり虫の様な性慾を持つた男が私であるか、私が尺とり虫の様な性慾を持つた男であるか、一切がめちやめちやになつて来る。……

だが愚にもつかない独身者の妄想は、リンバーグが大西洋を横断した程爽快なものではなく、何時果てるともない充されざる心が生んだ、みじめにも蒼ざめた閨房の秀に外ならないのだ。

で私は、私の妄想をこれ以上露出する果敢なさをやめて、こつそり威儀を正す事にしよう。

三日月に腰かけた恋愛陶酔
Mellow and merry

僕は陶酔的な心境を容易に持てない男だ。

酒にしても、仏蘭西でしみ込んだ習慣が、僕の食卓に一二杯の葡萄酒を要求する程度で、酒ずきが酒を恋しがるやうな切実さはまるでない。いつたいに僕の身辺を展望して見ても、踊れるから踊り、唱へるから唱ふ淡白さで、挺身三昧の境に我れを忘れるほどの関心事はどうも見あたらないやうだ。と、かう云つて仕舞へば甚だ無味乾燥だけれど、つまりそんなありふれた mellow and merry ぢやもう感じないと云ふ事になるのだらう。

音楽は其処に行くと落莫たる現実の御手軽な道草を僕に食はして呉れる。たとへば逐次的に買ひ集めた蓄音器のレコードが僕にとつては完全な過去帳で、いま偶然に取り出した一枚のレコードは、なんと鮮かに僕の過去をその音楽の性質に順じて僕の前に展開して呉れる事だらう。

たいがいそれは、ひどく涙つぽいあまさに過ぎないけれど、僕はそのほろにがひ懐古の情に浸つて寂莫とした愛撫を自分自身に感じたりすると云ふ仕末だ。

これなども取り立てゝ見れば日常生活の上で僅かだけれど僕の感ずる陶酔的フラグマンではある。

しかし、何んと云ふ退嬰的な吐息だらう。結局僕の陶酔は恋愛以外の何者でもなささうだ。

L'opium[12] agrandit ce qui n'a pas de bornes,
Allonge l'illimité,
Approfondit le temps, creuse la volupté,
Et de plaisirs noirs et mornes
Remplit l'âme au delà de sa capacité.

これは阿片を唱つたボードレールの詩だ。

クロード・ファーレルの Fumée d'opium も阿片に関する著名な文献だらう。

限りのある人間の知覚で限りのない慾望を充すためには薬品の力を借りてまで

進出しなければならないのだ。……アヘン・コカイン・モルフヰネ・エーテル。

巴里では料理屋の給仕(シャツサウール)や花売娘、カフェーのボーイや巡査達が著名な密売者である。万年筆や葉巻の中にそんな薬品を隠蔽する仕掛けはむしろ甘口で、廃兵がコカイン十二包を義足の中にひそめて検挙されたなどゝ云ふ珍劇を新聞が報道したりする。ジャズの楽手はバンジョーの柄に盛り場の菓子売りはみかんや乾菓子や造花の中に、ココ、カリコ、スリーズ、ネージェ、レスピレットなんて云ふ雑多な名種を持つたコカインを散布して売春婦や有閑紳士、不感症に落ち入つた所謂(いわゆる)グランダームの神経を超現実的陶酔にらつし去らうとする。

巴里の詩人や小説家が奇矯な幻想を得るため、書家や彫刻家が新様式を生まうがため、想像以上にこの危険な薬品陶酔と云ふ橋を渡つてゐる事実を僕は見聞した。

藤田君[13]がほとんど六ヶ月の間コカインの力で所謂探究(ルシエルシュ)をやつた事は有名だ。一つのフォルミュールを破つて新しいフォルミュールを生まうとする場合に、限りのある人智では結局知れ切つた桁だらう。しかしこの薬品的な飛躍が体力と意志の重量を計算に入れなかつたら、それこそ大変だ。

Gazette hebdomadaire de médecine et chirurgie にドクトル・クルトワーズと

云ふ人が近代芸術上の変革にモルフヰンとコカインが及ぼした根本的影響と云ふ事を叙記してゐる。

これは通常のコカイノマンが薬品を求める意味とは全く異つて、劃策された知識的飛躍の方便だから知覚的欲求で終始する陶酔とは勿論厳別しなければならないだらう。

コカインやモルフィネが性慾的に感覚を誇張するのは事実らしい、しかしそれはごく初期的現象で、絶対に回春の余地を残さない不感症状を齎らすのが普通だ相である。

から云ふ方面の陶酔を僕は残念ながら知らない。

ぼろぼろなタクシーの中で安煙草をくゆらしながらでも非現実的な陶酔を安値にむさぼる僕などには一生縁のないコカインでありモルフィネだらう。

ポール・ブルヂェの physiologie de l'amour moderne で一人の青年が、「あゝ、いつそ、コレットを殺して仕舞つたら……
と苦悶する。この青年にとつて彼以外の男が彼女の存在を認識する事でさへ既に彼の嫉妬を激発させる。彼は終日終夜彼を追ひまくる怪し気な妄想の為め

に極端な不眠症になつて、

「あゝ、いつそ、コレットを殺して仕舞つたら、もうどんな人間の手も彼女の体に触れ得ないだらう。そしたらほんとに安定した熟睡を俺はむさぼる事が出来るのだ……

と云ひ初める。これほど極端な嫉妬は何んとなく恋愛陶酔の一変形としか僕には思はれない。キニョンの'LES OBSÉDÉS'には、一退職軍司令官が、謹厳そのものである生活の裏面で、野菜売りの女と見れば終日あとを追ひまわしたあげく、ホテルに連れ込んで××××××をさへてから、さて何をするかと思へば、垢でまみれた彼女の左足の親指を一晩中××××到底不可思議な××××を××××続けてゐたと云ふ報告がある。

ジャン・ジャック・ルッソーが露出狂的陶酔をその少年時代に追つて居たと云ふ事も、彼の手記を読んだ者の喫驚する一事象だらう。

オクターブ・ミルボウの Jardin des supplices[14] に、一匹の魚を盗んだ男が、[15] il ne faut pas toujours dire d'un homme qui porte un pois on à la main : c'est un pêcheur! と云ふすこぶる気のきいた宣告を受けて、息の根が止るまで焼け火箸の刑に処せられる無惨な実景を目撃した美しい女が、彼女の恋人にそれを語るところがある。彼女は、その焼けたゞれた金火箸がその男の肉体に喰ひ込んで物凄い悲鳴をあげる度びに、まるでその金火箸が彼女自身の腰に突き差されたやうで、気を失うほどの快感を味合つた……C'était atroce et trés doux,[16] Embrasse-moi, cher amour……embrasse-moi donc! と云ふのだ。実に素晴しいミルボーの代表的一ページだらうが、陶酔も此処まで来ると masoch か Sade の畑で我々凡俗の頭では端倪すべき余地すら得られない。[17]

陶酔の方向をかうした世界に求めたら、あらゆる意味のフェテッシスムあらゆる意味の変体心理が万華鏡のやうな無限さで僕等の前に展開するだらうけれど、何んとなく一切が前世紀的で近代的な感覚に響いて来る刺戟は一向に稀薄だ。

末筆に乗つて僕自身の陶酔にほんのぽつちり触れて見よう。

過般だいぶ問題[18]になつた僕の恋愛事件も、傍観的に見たら錯雑した状態の反映ですこぶる異状な色彩を持つてゐたと思へるだらうが、分解して見れば、「一人の男が一人の少女を恋愛した」と云ふむしろ初歩的恋愛であつて、たゞ少しばかり、僕等の熱情が常人以上だつたと云ふダッツェシユがつけられる程度だらう。

しかしその初歩的であると云ふ所に僕らしい陶酔もあり三昧もある。今此処でDivin marquisやコロンタイズムのかわりに「星と菫」[19]的僕の恋愛観を生真面に暴露しようとは思はない。

結局、ミオゾティス[20]でかざつた彼女の心臓を夢見ながら、恋愛の三日月に腰かけて、スリーファイブでもくゆらしてゐる心境が僕を現世的虚無から救ひ出す唯一の陶酔だ。

東京の女

暖炉の燃える暖い部屋で、
ゆつたりした部屋着を着て、
香りの高い珈琲を飲みながら
雪の音を聞いてゐるなんて、悪くない感じだ。

もつと考へなければならないことが
山ほどあるに違ひないけれど、
美しい女のひとを美しい枠の中に置いて、
美しくすることが男の義務でもある。

肩のぬけた浴衣を着て、
かたいふとんの中で震へてゐるやうな女が

この日本に居る限り、男よ、
偉さうな口を利かないで呉れ。

これからの建設は何よりも何よりも
女を美しくすると云ふ、
最終の目的に向つて進んでゆくことだ。

石炭も、米も、繊維製品も電車も汽車も、
住宅も道路も彼女たちを輝しく明るく
美しいままに美しくするための過程に過ぎない。

ああ、そんな日が早く来て呉れ。

II

夢二の家

竹久[21]夢二の奥さんだったたまきさんという美しいひとを、もう覚えている人は少ないだろう。例によって迂余曲折の恋愛があり、とうとう夢二の腕に飛び込んだひとだが、そのひとが呉服橋の橋際で港屋という小店を開いていた。みなとやと染めぬいた大きな提灯が軒先にかけてあって、夢二の画集やエハガキやその他夢二の考案になる半襟、千代紙、用箋のたぐいを売っていたのである。

眉を蒼々と剃り落したたまきさんは、黒襟が良く似合い、首すじから指の先まで一世を風靡した夢二の絵そっくりで、なんとなく店に集るファンの連中を夢二の空気の中にとけ込ませてゆくような感じだった。

私も中学を出る少し前頃から、よくその店に出かけて何時とはなしにたまきさんのお気に入りになり、すぐま近かの千代田町の自宅にも呼ばれてゆくような待遇を受けることになった。

あれほど人気の高かった夢二の家だからさぞ立派だろうと、心ひそかに思っていたのだが、行って見ると案に相違した露路の奥の溝板のがたぴしする長屋、それに建て込んだ隣のひさしが六畳一間の二階の窓へすれすれに日をさえ切って、妙に暗い感じのする家だった。

別に何をするというとりとめた考えもなく、ただずるずるとその家に日参していたのだが、夢二に逢うことはごくまれだった。

留守がちで、何時も取り残されたように姿の寂しいたまきさんは、それでも特別の悲しみを我々に見せるような様子とてなかったが、もともとの素質から来るものか、時々は若い神経をたじたじさせるような艶めかしい素振りを何気ない起居振舞いに見せて、その効果をひそかに愉しんでいるといった様子も時折は見かけられたのである。

雪のしんしんと降る暮の押しつまった日の夕方、めずらしく仕事に没頭していた夢二が、たった今描き上げた屏風を人力車に積み込み、ひどく不機嫌な顔をして出て行くのを見送ったことがある。

たまきさんは背後から私の体をかかえるようにして、

「あれ、角海老のさんごさんのところへ持ってゆくのよ」

と私の耳に囁いた。

その晩遊びに来ていた神近幸子や、木版師の村瀬さんなどと、炬燵にあたりながら、じっと降りつもる雪の音に耳をすますような、妙に森閑とした一夜を過したのであるが、人力車の雪を嚙む音がきしきしと、何時までも耳に残っている、いいようもないわびしさをお互いに感じたことである。

夢二はその頃、ほとんどその女のところに入り浸って、家に寄りつかなかった。家全体の空気がなんとなく末期的な段階を匂わせ、そのぐらぐらとした支柱を其処に出入りする我々が、他愛もないことをしゃべりながら、かろうじて支えていたような気がする。

夢二が新潟に旅出した留守中のことだった。ある日旅先きの夢二から長文の電報が留守宅に届いた。丁度前夜から泊りに行っていた神近幸子や私がたまきさんと判読しにくいその電報を読んだのであるが、その電文というのが、「昨夜お前が不義のちぎりを結んでいる夢を見た。自分の今までの経験で、このような顕示は常に的中していた。心おだやかでない。若しお前にうしろ暗いところが無かったらこの電報受取り次第東京を立って新潟に来い」というのである。

私たちは思わず顔を見合せた。たまきさんが一寸席を立った隙に、あの大きな眼で穴のあくほど私を見つめていた神近幸子は、

「あなた何かあったんでしょう。こんな直感は十中八九まで当るものよ。私は男女のこの方面の洞察力を決定的に信じることが出来る」といった。

しかし、私たちは朝早く帰った文学士の構口と四人、炬燵を中心にして十の字型に寝ただけである。ただ、たまきさんが熟睡している私の顔の上におおいかぶさり、私は私の顔の上に落ちるたまきさんの涙で驚ろいて眼を醒した。だが、そのままたまきさんは自分の寝床にもぐって了ったのだったが、私はその涙の意味が解らず、夜の明けるまで眠ることが出来なかった。

神近幸子の考えているような特別な事は私にもたまきさんにも無かったけれど、そのような、私にも理解しにくい一節があったため、なんとなくうしろめたさを感じて、平静な態度を持つことが出来なかった。

たまきさんが帰って来ると、一人飲み込んだように、

「事実はどうあろうと、すぐ新潟にお立ちなさい」

と彼女はいって、早速出発の用意を始めたのである。

この結末がどう新潟でついたか私は知らない。その後も夢二の家に出入りしたし、夢二にも時々会って、格別のわだかまりが其処に生じた様子もなかった。

私は千代田町の家で、夢二の三人の女弟子と知り合いになった。派手な若い

娘の着物がその薄暗い露路に現れると、ぱっと花が咲いたようで、いいようもない明るさを家に持ち込んで来た。

ほとんど留守がちの夢二が、彼女たちの手を取って教えることは月に一度あるかないかだったろう。それでも三人は、二階の夢二の仕事部屋に上り、せっせと勉強を続けていた様子である。

ひこのさんというボール箱製造工場の一人娘が一番美しかった。少し背は低かったが、繊々たる神経のか細さが手足にあふれていて如何にも夢二好みの感じだった。

ずっと後の話だが、角海老のさんごに裏切られた夢二が、狂暴な愛情で抱きすくめ、家を破り世評を踏みにじった揚句、思いがけない数奇な運命で押し流して了った薄幸な人がこのひこのさんだった。

この人は京都に旅して旅先の病院で不幸な死に方をして了ったが、一人娘を奪われた父親は、ひこのさんの死を聞いてボール紙裁断機のハンドルに細引をかけて、くびれ死をして了ったということである。

千代田町の割堀にある白旗橋の風呂屋から、襟を白く塗ったひこのさんが、びん櫛を髪に立てて出て来る姿を見かけたことがある。あの頃のただれたような夢二の頽廃主義が、ひこのさんの無垢な体にどうもつれて行って、一人の父と家を悔いもなく捨てるようになったのか私には解らない。

私はその頃十八歳だった。

もう一人のお仲さんという人は、少し斜視で、それが一種の艶めかしさを持ってはいたが比較して三人の内の器量悪だった。このひとが恐らく絵は一番上手だったのではないかと思われる。それに一番年かさのこのひとが何か特別な感情を夢二に持っていたらしく、一緒の時などは夢二の一喜一憂に体全体を沈めてゆくような、他目にも思いつめた心の姿が強く我々に感じられた。夢二とひこのさんの情痴については、このひとが一番強い打撃を受けただろう。その後まったく消息を断っていたが、戦争の始まる少し以前に鎌倉から手紙を貰ったことがある。

私はもう一人のおあいさんという娘が好きだった。大柄な明るい人で、冬になると霜焼でふくふくふくらんだ手をそっと火鉢にかざしたいじらしい姿が今でも眼に残っている。私の知った頃はまだ女学校に在学中で、次第にひらけて来た眼で大人の世界を見ることが面白くて面白くて仕方がないという感じだった。何か突飛なことを何時も腹の中で考えているようで、口を突いて出て来る言葉が他の二人とはまるで違っていた。木場の材木屋の通い番頭の一人娘で、まじりっ気の無い下町娘なのだが、それが不思議と新しく、想いがけない角度からもの事を眺めていて、意表に出た観察を一人で愉しんでいるようなところがあった。私は何時とはなしにこのおあいさんに惚れて了ったのだったが、私のひたむきな感情がことごとにすくい投げられ、そのために私の心がますます燃え上るようで、もう寝ても醒めてもこのひとのことが瞬時も頭から離れないという激しい状態に落ちて了った。だからといって、恋愛のてだてを知らない書生っぽの私は、極くありふれた常道を追って、この娘さんの歓心を買うことにきゅうきゅうとしていたのだが、それがまたこのひとの神経にはなまぬるくて、私が一歩進めば、十歩も飛躍し、ただ奔命に疲れるといった状態が続くばかりだった。ある時はすっかり取りすましたお嬢さんになり、そうかと思うと始末におえない悪戯娘になり、私を愛しているかと思うと心底から嫌って見たり、私は失意と有頂天の捲き起る波に翻弄されて如何ともすることが出来なかった。

　初夏の頃、郊外を歩き廻った揚句もう薄暗くなった名主の滝にたどり着いた。其処で、急に滝を浴びようとおあいさんがいい出してすっかり私を困惑させた。

時刻が時刻なのでもう茶店の人たちも引きあげて了った後だったが、それでも日ながの薄明りで、ひと足がとだえた訳でも無い。私が躊躇していると、いきなり着物を脱いで素裸になり、私の帽子をかぶって滝に飛び込んで了った。私はおあいさんの匂いのする着物を両手にかかえて、薄暮の中に浮いて見える蒼白いおあいさんの裸を見ながら、なんともいえない悲しさに襲われたことである。胸の中をのたうついいようもないあらしに身もだえして、茶店の縁台に仰向けに寝ころんでいると、何時の間に上って来たのか、水をはじいた素肌のおあいさんが黙って私の顔を見つめていたが、急に私に武者振りついて唇の燃えるような接吻をした。濡れたおあいさんの乳房が私を圧迫して、私が背中に廻した手には冷え切ったつめたいおあいさんの肌が狂気のように感じられ、もうこのまま、このひとを殺して了いたいと私は思ったのである。

　しばらくそうしていると、私をはねのけるように立ち上ったおあいさんが、私の持っていた着物をひったくるように着て、まだ雫のたれている髪を拭おうともせず、足袋をはくとそのままばたばたと、表通りの方に走り出した。驚ろいて私が後を追うと、

「来ちゃいけない！」

といって、後を見ずに夕闇の中を走り去って了ったのである。もう蝉の鳴き声のする季節だった。森閑とした中に滝の音が聞こえ、ひぐらしの声が一時に私を包んで了った。

　このことは私に限りない悔恨の情を残したのである。これほどむき出しに肉迫して来たおあいさんの身魂を摑もうともせず、単なる情念の末に溺れていた私の怠慢を取り返しのつかないことに考えられた。

だが、数日後おあいさんに会った時、このひとはけろりとして、何事も無かったように私の顔を正視したのである。

「あんたには荷がかち過ぎる」

と、私の奔命に疲れた哀れな姿を見てたまきさんも同情して呉れたが、それでも私とおあいさんを夢二の居ない二階に追い上げ、

「お風呂に行って来るわよ」

といって、機会を作って呉れることもあったが、そのように人がお膳を据えて呉れると、逆に反ぱつするおあいさんの性格が、眥(まなじり)を決したような私の意気込みを軽くそらして、相変らずな感情の鼬(いたち)ごっこに又しても終るのだった。

実に愛情の籠った手紙を呉れるかと思うと、その気で飛び込んだ私をあかの

他人のように扱ったり、ひとを絶望の底に沈めるような大胆不敵な手紙を寄越したかと思うと、花束を持って朝早く尋ねて来て呉れたりする。取り止めのない恋愛遊戯がこのような状態で二年も続いたろうか、ある日私が仕事場にしていた池の端のアパートにやって来て、いきなり私を抱きしめると壁に押しつけ、

「もう、今日限りあんたにも逢えない」

といって、力まかせに頬ずりするのだった。どんなところにお嫁に行っても、こっそりあんたのことが想い出せるように、体の何処かに入れぼくろして頂戴といって肌をぬぎ、無理に私の手を取って、左腕の内側に小さな刺青を入れさせたのである。

張り切った白い肌に針を差すとうすく血がにじんだ。唇を押しつけてそれを私がすすっていると、静かに私の髪をなでていたおあいさんが、急にすすり泣きし始めて、

「ほんとはあんたが好きなの。何処へもお嫁に行きたくないの」

といい、何時か名主の滝で押しつけた乳房をまた私の胸に押しつけながら、ついぞ見せられたことのないこのひとの涙で私の胸を濡すのであった。

それから十日ほどしておあいさんは矢張り下町の、何か水商売をしている家

に嫁入りして行ったのである。

身近かに迫って来た機会を何時も逸していわば、片想いに近い哀れな恋愛だったが、私はこのひとのことが何時までも忘れられず、甲斐ないくり言を想い出の中に繰り返し続けていた。

永い外国生活を終えて日本に帰って来た時も、東京に着いた翌日、なつかしさに堪えかねて鎌倉河岸の千代田町に出かけたのである。しかし、東京の街を跡形もなく変えて了った大震災のおかげで、街筋は変り、家並はあらたまって、おあいさんの家も夢二の家も、此処らあたりと見当をつけるさえ困難な変り方であった。

このひととの恋愛が順風にめぐまれて、一緒になれていたら今頃はどうだったろうとよく考えることがある。極めて平穏な恋愛常識をあれ以上飛躍させる機会も求めなかったろうし、平々凡々の人生過程を歩き続けたかも解らない。さもなければ、貧乏な画家の私にたちまち愛想を尽かして、それこそ根こそぎ嫌われて了ったかも解らない。

難破に難破を重ねて此処まで来ると、このような清潔な想い出の一つが如何にも尊く思えてならない。

その後も絶えずこのひとの消息を気にしていたのだが、人伝てに聞くと今は房総の海岸で穏かに暮しているとのことである。たんたんとして昔の恋愛を茶飲み話に出来る年配に私も達しているから、そのような機会が持てたら愉しいだろう。波の音の高い夜など、若しおあいさんが昔の想い出にふけるようなことがあったら、髪の毛を長くした十八九の私の姿が浮んで来る筈だ。既に私の髪は白く人生幾すじかの皺も顔の其処此処に出来て了った。従って私の感傷もいよいよ深いのである。

眼の大きな、黒髪の美しいひとだった。

外国貧乏

巴里の貧乏話を紹介しよう。

貧乏話と云ふものは年月と共にお伽話のやうな色彩を帯びて来るものだ。その当時は断崖に追ひつめられたやうなあがき方だつたかも解らない。しかし、あがき抜いて此処まで来て見ると苦も又楽しい思ひ出の一つになるのである。藤田君の貧乏話は有名だ。モデルをやつたり引越屋をやつたり、樵夫(きこり)をやつたりレヴイウに出たり、そのやうな苦労の中から、あれだけの芸術を生み出したと思へば、その生活力の強さに頭が下つて了ふ。僕の知つてゐる絵かきでやるだけの貧乏をやりつくし、仕舞ひには競馬場のグリインに生えてゐるタンポポの葉や、松の芽まで食つた男がゐる。一日や二日なら出来ない芸でもなからうが、二ヶ月も三ヶ月もそれを続けてたうとう鳥眼になつて了つた。瞼の上下に白い隈が出来て太陽が沈むと共に眼が見えなくなり自分の鳥に似た生活を、まるで鳥だ、まるで鳥だ、と思ひつづけてゐる内に、何か鳥に似た啼き声を張り上げたい衝動に駆られて仕方がなかつた相である。この男に日本から金を送つて来た。嘔吐の出るほど人間の食ふ食物を食つてやるぞと、勢込んで料亭に行つたのだが、たとへ数ヶ月でも習慣は怖しいもので結局肉類が咽喉を通らなかつた。「おい、鳥の餌みたいなものないか」とそれからも当分の内はレストランで呶鳴つてゐる彼を記憶してゐる。在住の日本人を訪ねれば一汁一飯にありつけないこともなかつたのだらうが、それの出来ない彼の潔癖が、彼を鳥にして了つたのである。それと正反対に、アメリカから渡つて来た某と云ふ絵かきは、日本人のアトリエに倒れ込んで来た。倒れ込むと云ふ言葉は可笑しいが、つまりドアを開けたとたんによろよろつと倒れ込みもう三日もめしを食はないと嘆ずるのである。これには誰れも哀れを催したらしいが、ある時颯爽と歩いて来る彼を窓越しに見て、今日は馬鹿に元気らしいぞと思ひドアを開けてやつた瞬間、よろよろつと倒れ込んだのですつかり化の皮が剝がれたと云ふ話である。ハイカラな男でアメリカのウッドスタックあたりでは随分女にもてたと云ふ話だつたが、あの男、その後どうしたことだらう。この頃東京の画壇で売り出しの○君は貧乏振りが愉快だつた。金が無くなるといろんなものが欲しくなり、今度送金があつたらあれも買はう、これも買はうと思ひ悩むのださうだ。

そしていよいよ金が来ると実際生活に必要なものなど少しも頭に浮ばず、後で持余すやうな馬鹿気たものをうつかり買つて了ひ、もうその翌日から食ふに困ると云ふ仕末だつた。千数百フランもするシエパードを引つ張つて、「おい、これを抵当に一食喰はせろよ」と云つて来たことがある。この五十フランを使つて了つたら後廿日(はつか)間一文無しで暮さなければならないと思ひながら、つい五十フランの靴下を買つて了ひ、ルクサンブールの公園のベンチに腰かけて、一日中靴下を穿いた自分の足を見つめてゐたと述懐してゐる。金が無くなつて公園の鳩を喰つてゐた男もある。その男は蝙蝠傘(こうもりがさ)の中にパン屑を入れて開いて置くところに、人の肩へでも止る馴れ切つた鳩が来て餌を漁るや、発止とばかり蝙蝠傘を閉ぢるのである。貧乏である筈の彼が、毎日のやうに鳩料理を食つてゐると云ふので隣近所の評判だつたが、たちまちにして種が暴露した。僕も外国貧乏では敗(ひけ)を取らないが、手をつかねて待つことの出来ない性格が、それほど華々しい想ひ出を作らなかつた。震災で送金を断たれた時はラバリエールと云ふ僻村で百姓をした。朝四時に起きて、羊や豚の世話をやり、畑の水まきから、雑草引き、野菜を市場に積み出すトラックの運転までやつた。最初の条件がトラック運転の出来る者とあつたが、友達のシトロエンを二三回運転した経験だけを頼みに飛び込んだのである。キヤベツを満載したトラックの車輪を田舎路の溝に落して辺り一面をキヤベツだらけにしたため、早速、馘(くび)になつて了つたが、今考へると吹き出したくなる光景だ。ニースの海岸で溺れようとする人を助けた縁故で巴里の大デパートの図案部に入社して帰朝までの五年間を比較的安穏に暮した。これも考へ方によつては下手な通俗小説のやうで、頰かぶりものだが、しかし、あれもこれも、時にとつての方便で、尻のかゆい思ひは今も昔も大差ない。

フランスの女で苦労の限りをつくし、帰朝後数年間は外国婦人を見る度にぞつと背筋に水を流されるやうな感じを受けた。しかしこれは貧乏話の圏外にある話だからまた別の機会に御披露するとしよう。

ニースの金髪

関東大震災の翌年。僕は南フランスのニースにいた。貧乏して帰りたいパリにも帰られず、いたずらに青い海を眺めながら、ため息をついていた。

ニースの海ときたら底ぬけに青くて、おまけにばかばかしいほど青い空がその上におおいかぶさっている。世界中の金持が集まるこんな場所で、ひからびたパンと、サラミー・ソーセージの油の回ったのをかじりながら、売れない絵を描いているなんておよそ妙な話だが、これもいたし方ないことだった。

旧市街のトンネル長屋は、あり余る太陽の光線を売物にしている新市街とは正反対に、じめじめと陰気臭くて、水はけの悪い石だたみには、昼間でも鼠が走り回っていた。窓から窓に紐を渡して、満艦飾の干物が風になびき、鼻にかかったニソワの方言があらゆる騒音にまじって、一日中はねかえっている。こんな街の三階の屋根裏に住んでいると、常夏の国ミディも糞もないのである。

十年間働いた金を一瞬のバカラですってしまい、浜椰子の幹でくびれて死ぬアメリカの缶づめ屋さんの話でも、床屋の徒弟と馳け落ちしたケマル・パシャの愛妾の話でも、このカルチエに来たら三文の値うちもない。

屑野菜の呼売りと、腐れかかった日遅れの雑魚売り、一フラン五十で所かまわず抱き寝をさせる女の声。それだけで一日一晩が過ぎるのだ。

だから私は、夕方になると新市街に出て、ぴかぴか光る路を歩き、プロムナード・デザングレの素晴らしい眺めを逍遥してから浜に出るのである。時々イギリスの豪華なヨットが停泊していたり、ジュテから胸をかきむしるようなタンゴバンドが聞こえてくることもある。

眠たげな波の音、空から果てしない水平線まで青一色のすみ切った風景。頬をなでまわす微風には無論、潮の香りも含まれているが、それよりも、胸をくすぐるような花の香りが媚薬のように仕込まれている。

グラスのバラ園から流れて来る高貴な香りである。私はそんな空気に包まれて、夕方の時間をいつも、浜で過ごしていた。

その日も落日にはまだ間のある夕方の静かなひと時を、浜の砂に寝そべっていた。ところで、私は、私の視野のちょうどまん中の、青い海の波の間から、女の足が、にょきっと一本突き出したのを認めたのである。私は自分の目をうたがいながら、も一度目をこらすと、一たん沈んだその足が、また、ロケット・ガールの足のように爪先を跳ね上げながら、波のうねりのまん中から飛出したのである。

私は絵かきだから、このような構図を見ると、すぐミロを思い、ポール・クレーを連想したのだが、次の瞬間、

「助けてくれ(オセクウル)！」

という声を聞いて跳ね起きた。上着を脱いで、ズボンを脱いで、靴をはね飛ばしながら海に飛込んだのである。この辺と思えるあたりを見回し、水にもぐって目をこらすと、白い水着を着た女が、頭をななめ上にして、棒のように動いている。金髪が藻草のようにゆれて、日の光がきらきらと金粉の矢を降りそそいでいるのである。

既に仮死の状態にいる女の足を左手にかかえて、私は水の上に浮き上がった。

いつの間にか人だかりのした海岸に私がその女を抱き下ろした時、ぎょっとしたのは、その仮死状態の女が片足の女だったことである。白の海水着といっても、こんもりした乳房を包むブラジャーと、思い切り太股を出したパンツだけなのだが、その左足が付根からぶっつり無い。

心得のある男が仰向けになった女に馬乗りになって人工呼吸をすると、おびただしい水を吐いて、ぱっちり目を開いた。蒼ざめた頬に水藻のような金髪がべっとり張りついた有様は、女が比類の無いほどの美人だったから、背筋に水の走るような感動を私に持たせた。ことに、片足の裸体が通常の感覚を跳び越えて、胸ぐるしく私にせまってくるのである。

美しさと特徴のある片足で、この美人がイザック・メイヤーという、ユダヤ人の金持の夫人であることがすぐわかった。夕方になると一人で浜に来て、一人で水遊びをして、すぐ散歩道の角にあるイギリスホテルに帰るのを日課のようにしていたのだそうだ。恐らく、浴泳中、一本しかない足が、こ、む、ら、が、え、り、になって動きがとれなくなったのだろう。

この波間にただよう一本の足が、私にとっては忘れられない海の幸となったのである。ここそこと、群衆の中にかくれてしまった私を、イザック氏は血眼で捜し回り、一週間目にヴュー・ポールの私のぼろ小屋にエスパノを横づけにした。これで私の西洋貧乏も終わりをつげたのである。イザック氏のやっているパリ(22)のG・Fデパートの図案部に自由な勤めが出来るようになり、美しい夫人に頬ずりされながら、ユダヤふうの塩からいご馳走を木曜日ごとに招(よ)ばれた。

だが、片足の無い股の不思議な印象は、今でも私の瞼の裏に浮かんで来る。

美しさというものは、必ずしも均斉の中だけにあるものではないと私は寂しく感じるのである。

私の海の幸は波に浮かんだ一本の足だった。

伝書鳩を運動させる紳士

去年の夏、私がここに住み初めてからもうかれこれ一年になる。付近に騎兵聯隊や輜重（しちょう）兵大隊などがあつて、まだ明け切らない朝の空気を破る銃声と共に雑木林のかげから一団の兵卒が鬨（とき）の声をあげて突然現れたりするのが世田ヶ谷風景の一つだ。

すぐ家の脇にある小学校の庭では、一日の家業を終へた壮丁（わかもの）等が青年団の制服で胸を張りながら、特派された特務曹長の軍事教育を受けてゐる。

ひどくみすぼらしい平屋造りの校舎のガラス窓には、幸福さうな男教員がオールバックの頭をのぞかせて、「女人藝術（にょにんげいじゅつ）」を愛読する。

つむじ風にうづまく襤褸（ぼろ）切れの昼休みは、小学男女生徒の昼休みだ。

女教員は、しかし、桜の木の蔭でコンパクトを素早く取り出して、もの思ひにさへふける。

砂埃をあげてオートバイの疾走する二間道路の向ふ側には町役場がある。

平屋造りの小学校に較べて、これはまたひどく立派な町役場だ。兵隊の軍服の色のやうな建物の肌が、やはり世田ヶ谷らしい香をもつてゐる。私はその建物の両側に櫛比した代書屋のうちの一つに離婚届を書いてもらつた事がある。

私の家の庭からのぞめる彼方の森は、吉田松陰を祭つた松陰神社だ。その右側の空に彪大な日の丸を翩飜（へんぽん）とひるがへす旧新橋停車場のやうな木造洋館はK館大学である。

午後三時になるとカーキ色の制服に竹刀をかついだ中学部の生徒が砂埃の道へ兵隊のやうに吐き出されて来る。――黒木綿の羽織に白い毛糸の紐を結んで、盲目縞（めくら）の袴をはいた書生が同館大学部の生徒である。――彼等の反動的な左手に握られた丸太のやうなステッキこそ世田ヶ谷の時代錯誤を説明する。

私が巴里の酒場や踊り場で地上的哲学を哲学して唇を爛（ただ）らせてゐた頃の仲間がこの学校で柔術の教士を拝命してゐるさうである。

冷たく汗ばんだその人の手を握つて、巴里の遠さを、私はふと考へた。

隊を組んで人もなげにあたりを睨殺（げいさつ）する彼等は私にとつて正に強敵だ。ゆきづりに反映する彼等の単純さは、如斯く（かくのごと）単純であり如斯く鎖国的であるが故に、全然調子の狂つた精神作用を胸ぐるしく私に感じさせる。

かうした幕末的憂国の健児を相手に、たとへ活計の方便とは云へ私の友人A君が、阿吽の気合と共に柔術を教へてゐると云ふ事は、その人となりを熟知する私にとつて、何気なく思ひすごすには辛すぎる何かがある。

握りしめた手の冷たい汗ばみは私にさうした意味の悲しみをさそつた。

私は庭に出て、翩飜として朝日に打ちなびく日の丸と、その左手をはるか彼方、あの木版画の廣重の富士を朝な朝なの空に発見して甚だ日本的な嘆息を漏すのである。

松陰神社の森と私の家は三丁程の距離で、その中間にくねくねとした小川が雑草雑木の深い茂みの中を静かに流れてゐる。

私はこのみすぼらしい小川のほとりで立派な紳士が釣糸を垂れてゐる姿にしばしば逢つた。近所の悪童たちが臍のあたりまで着物をまくりあげて雑魚をすくふ遊び場に大真面目な釣り竿を差してゐる紳士が、ひどく立派であつただけ、その口髭の真剣さが異様なアイロニーを私に感じさせた。

「こんな立派な人が釣つてゐる位ゐだから鯉が釣れるのかも解らない。」

と私は単純に考へたのだがぼろ靴や茶碗の破片が淀んだ流れの奥に動いてゐるこの貧しげな流れに鯉を想像する事は甚だしい奇蹟だつた。

私はたうとうある日尋ねて見た。

「何が釣れますか?」

すると紳士は羞しさうな顔をそらして、

「魚ですよ、なに、魚ですよ。」

と云つた。

私は何故だかその返事にすつかり満足して、

「ああ、魚ですか。」

と云つて、それ以上この非現実的な紳士の集注された神経をみださうとは思はなかつた。

私はそれからしばらくたつて、その紳士が私の家のすぐ近くに住んでゐる事と、一週に二度位ゐ、芝の植わつた庭の一隅にある鳩舎の屋根で、切れのついた竿を夢中に振り廻してゐる姿を発見した。丁度まだ暑い頃だつたので、さるまたへ一つの紳士の体がなま白く汗ばんで前後左右に伸縮する姿は、すみ渡つた蒼空を背景にして不思議な鮮明さを持つてゐた。見あげると、松陰神社の森のあたりを伝書鳩の群れが半弧を描きながら行きつもどりつしてゐる。

紳士はかけ声ではない一人ごとを、何かぶつぶつ云ひながら額や胸の汗を拭からともしないで、はたはたと、小布のついた棒を振つてゐた。

それは不思議な光景であつた。私はまた立停つてその紳士に声をかけた。

「何をしてるんですか。」

ふいに紳士は手を止めた。それから、

「鳥ですよ、なに、鳥ですよ。」

と云つて、羞しさうな微笑を浮べた眼を、急いでそらせたのであつた。

私はまだ諸君に私の家の地勢を詳(つまび)らかにしなかつたと思ふ。

私の家は南に向つて傾斜した雛壇式な敷地に建てられたもので、芝の植わつた前庭の向ふは更に一段低くなつた百坪ばかりの庭になつてゐる。

その庭を取りかこんだ檜葉の生垣の彼方は葱や麦の畑にすぐ続いて、前に話した小川の向ふが松陰神社の森になつてゐるのである。

一眸(いちぼう)の内に眺め渡せる広々としたその風景は甚だ落ちつきのある色彩と、すがすがしさを持つて、私に触れた。

私は真裸な気持で縁に寝椅子を持ち出し、ながながとねそべり、歌を唱ひ、踊りを踊り、自由気ままな生活をつづけた。

明け放つた私の座敷を、其処では注意する誰れも居ないと云ふ心易さが、私を楽々と振舞はせるのである。

ところがある日、その明け放つた室で、パレム式室内体操（これは舞踏と体操を合理化したダルクローズ氏の方法が芸術的であるのに比較して、生理的乃至医学的のものである。）を蓄音器に合せながらシャツ一枚でやつてゐると、次の室で編み物をしてゐた彼女が、

「ちよつと来てごらんなさい、変だわ。」

と云つて私を呼びたてた。

彼女はこの前カーピーの歌劇を見に行くために不相応な虚栄心から無理算段して買つたオペラグラスをひねりながら、何処かを見てゐる。

「飛行機？」

「ちがふのよ、ほら、あの赤い三角屋根の家ね、あすこの二階の窓を見てごらんなさい。」

その赤い三角屋根と云ふのは、あの伝書鳩を運動させてゐた釣竿の紳士の家なのだ。

私は小さなグラスを手にして、ぐるぐると標準点を調節するうちに、窓枠を緑色に塗つた長方形の窓が眼の前に浮んで来た。そしてその窓の中には一人の

男が非常な熱心さで、私がさつきまで体操をしてゐた室のあたりを望遠鏡で見てゐるのだ。

私は急に激しい羞恥を体中に感じた。

誰れも見てゐる人がないと思ふ心易さで今日まで狂態の限りを尽して来た私と彼女の生活が、一つ一つ眼の前に浮んで来る。

私のみだらな私生活はあの旧式な望遠鏡のレンズを通してあます所なく紳士の不可解な脳裏に記録されて仕舞つたのだ。

何んのこだわりもなく朗かだつた私の生活が、この瞬間からひどく気まづい、陰気なものになるやうな予感がして、得体の知れないあの紳士の無躾な所行が無性に腹立しかつた。

だがしかし、もしもこの時、その三角屋根の窓の下を私が通りかかつて、窓を見あげながら
「何か見えますか?」

とその紳士に訊いたとしたら、紳士はあわてて、

「人ですよ、なに、人ですよ。」

とあの羞しさうな微笑を浮べながら、私の顔を見ないやうにして答へたに違

ひない。さう思ふと、私はふいに心臓がはち割れるやうな可笑しさを感じて、声をあげて笑つた。

「あはははは。」

「まあ、変な人ね。」

と呆気にとられてゐる彼女を前に、私はなほ止め度もなく笑ひこけて仕舞つたのである。

金魚

その坂は途中で左に折れてまた降ってゆくかなりな急坂だった。

一折れする右側が寺で、朽(く)ちた板塀(べい)の中は墓地だった。

日向雨(ひなたあめ)が明るく降っている午後、私はその坂を降りて行った。

胸の病気で寝込んでいるある女を見舞いにゆくのである。

私が坂を降りてゆくと、曲角(まがりかど)の方から蛇(じゃ)の目(め)を差した女が歩いて来た。

蛇の目がゆれてこちらを見た顔が、これから尋ねようとしている彼女だったので、遠くから声をかけようとすると、そのまま、消えるように墓地の塀の中に這入ってしまった。

あんなところに入口が出来たのかと、いぶかりながら駈け下りて見ると、くぐり戸一つないいつもの塀(へい)である。

ぞっとちり気だつ思いで、すぐ下の女の家に飛び込んだら、私の旅行中、一週間も前に死んでいて、さっき消え込んだ寺の墓地(ぼち)に埋葬(まいそう)したと云うのである。

私は、たった今、目撃した怪談を家人に語る勇気もなく、その家の老婆に連れられて、新墓地に出かけた。

まだ盛り土の生々しい墓は、さっき女が消えて行った曲り角のすぐ内側で、雨に濡れた白いちょうちんが、墓標の上にぐったりと、たれていた。


私のアトリエに絵を習いに来ていた女である。年は十九だと云っていたが、細々とした発育の遅い子供々々した女だった。

長いまつ毛が、下から上眼をつかって私を見上げる時、まるで黒い蝶々が静かに羽根を開く時のような感じだった。

私は金魚の夢を見た、とある日云うのである。

自分が湖水の岸に立っていて、手の中がひんやりするので開けて見たらいつの間にか金魚を摑んでいたと云うのである。

その金魚が如何にも弱々しそうで、可哀そうだと思ったら、自分が金魚になってしまって、体が弱いのだから水に放してやろうと思い、そっと水に放すと、横倒れになってかぼそく尾鰭を動かした。

それであああ、あたしはもう死ぬんだとその時思ったんです。

この話をしてから、ぷっつり彼女は来なくなり、人づてに胸を悪くして寝ていると聞きながら、私は旅に出たのである。

因縁話（いんねんばなし）や怪談に興味のない私は、単なる錯覚（さっかく）として、明るい雨の午後の出来事をすぐ割り切ってしまったし、こんな舌たらずの怪談を人に語る気にもならずにいたのだが、最近あるお茶屋で顔なじみの若い妓（こ）から、死んだ彼女と寸分違（たが）わぬ金魚の夢物語を聞かせられたのには驚いた。

まるで撫子（なでしこ）の茎のようにひょろひょろとか細い妓が、繊細（せんさい）な指を私の前で開きながら、金魚の冷たさを語り出した時、流石の私もぎょっとしたのである。

水に放たれた金魚が横倒しになって、弱々しく尾鰭（おひれ）を動かす姿は、死んだ彼女よりも、この妓によほど似つかわしいのだが、別に病気になる様子もなく、重さにたえないような細い指で、私にビールをついで呉れるのである。

雨

雨と云へばパゴパゴの雨を思ひ出す。巴里の雨、ロンドンの雨、ベニスの雨、スタンブールの雨、ベルリンの雨、私が歩いた世界の国々で雨の降らない国は何処にもないのである。アフリカのコーデイボアールは一年に二三度しか雨の降らないところだと云ふが、雨に縁の少ない土地を考へると、想像だけで息ぐるしさを覚えるやうだ。しかし、暗い雨の嫌ひな私は、冬の雨を好まない。セイロン島のあの驚ろくほど新鮮な緑に降りそゝぐ雨は黄金のやうに明るい。ベニスのキャナルに降る雨は郷愁そのもので、私の泊つたブルタニア・ホテルの窓からサン・マルコ寺院のドームが白く濡れて、グランキャナルには靄のやうなものがぼつと煙つてゐた。雨が酒を呼び、レストラン・パガニニのボーイに教へられた薬屋に行つて見ると、店の裏が中庭になつてゐて、中庭の向ふが住ひだつた。私は此の住ひの中で媚を売る十三と十四になる少女を紹介された。伊太利には、フロレンスにも、ナポリにもこんな家があるさうだ。これ等の少女は決して売春婦ではないのである。たゞ情熱の火をかきたてる恋愛遊戯の模擬的な行為を売るだけで、それ故に猶更せつないものであるとも云へる代ものだつた。私は好奇の眼を見張る二人の少女を相手に、しと〳〵降る雨の音を聞きながら、寝床の上に寝そべり、ピエル・ロティの日本を面白く脚色しながら一夜を明して了つた。翌朝、寝込んで了つた二人を其処に置いて窓を開けると、すぐ下がキャナルになつてゐて、明るい雨が銀のやうに煙つてゐた。その雨はバルカロールのベニスであり、あのメロディーをそのまゝの朝の雨だつた。黒い絹ショールを肩から羽織つたベニス風の女が買物の籠を下げて、魚市場に行く姿が橋の上に見える。ゴンドラの物売の声も聞え始めて朝が明るくなる頃、私は其部屋をぬけて、霧のやうな雨に打たれながら細いベニスの街を浮かされたやうな気持でほつき歩いた。ベニスの朝の雨が私に与へたものは激しい郷愁と孤独の感激ではあつたが、このしめやかな夢の国が、一週間か十日の旅先きでしかないと思ふわびしさと、もう二度と来る機会は無ささうに思はれる悲しさで胸の痛む思ひをした。

十五年前の私はそれほどの感傷を持つてベニスに感動したのであるが、あの日のしと〳〵降る雨が無かつたら、私は訳もない泪をこぼしながら、あの迷路のやうな細いベニスの街を、国籍の無い人間のやうな気持で歩きはしなかつただらう。

ロンドンの雨は悲惨な感じがした。ドーバを越えてヴィクトリアに着いた瞬間からあのうす黒い街に降りそゝぐ雨が心を暗くした。開けつぱなしの巴里生活に馴れた私には取りつく島のないロンドンで、たゞ、明けても暮れても暗く煙つた雨の中を、びしよ〳〵と、浮浪人のやうに寒々とした気持で十日ほど暮し、居たゝまれない気持で、サウザンプトンに逃げ出した。サウザンプトンの港街にも雨が降つてゐた。電気刺青の店や、船員相手の土産物屋のある軒の低い町を歩いてブリュー・リボンと云ふホテルに泊ると、其処が旅館兼女郎屋で、夜中になるとお茶を引いた女が断りもなく私の部屋に潜り込んで、いぎたない腹をさらけ出したまゝ、ソファーの上で、ぐう〳〵寝はじめた。雨、雨、雨、——イギリスの雨は心のしんまで腐らせるやうな暗さを持つてゐた。それから数日後に、サウザンプトンの郊外にある、サー・メンテス氏の別荘へ行つて、見渡す限り青々と刈り込まれた芝原と、地続きに猟場を持つた英国特有の豪農の生活を見なかつたら、私は一生イギリスを罵つただらう。このサー・メンテス氏は、日本に長らく滞在したことのあるミッション関係の人で、私の姉が一時日本語を教へたことがあつたと云ふ因縁から、一月あまりも貴族的な生活の余沢を蒙り、ロンドンの雨も、サウザンプトンの雨も忘れてたゞ明るい毎日を送つた。

近年私はしきりに旅行をするが、以前は東京マニアの旅嫌ひだつた。旅行に出ても用事の旅で遊びの旅の場合はほとんどなかつた。始めから旅をする気の旅なら、情緒もあるだらうし、雨、風、につけ心の動きに耳をかたむける風流も起るに違ひない、が少しでも用事を持つてゐたら旅は旅でなくなり、少しの余情も残さないのである。大阪で雨の良さを感じたのは甲子園ホテルだらう。高い松の木のある庭の芝に春雨の降る日、テラスで朝食を摂つたことがある。少しもホテルらしい感じがなく、ひつそりとした中を雨の音だけ聞いてゐる気持が素晴しかつた。京都の木屋町、先斗町あたりの雨は幹彦の雨、あれはあれで静かなものである。鴨川べりのある家の二階から、向ふ岸を指して美しい舞妓が云つた。あの向ひに見えるお寺の門が開くのを見た人には喜びごとがある。開くのだつたか、閉るのだつたかそれもはつきり憶えてはゐないが、向ふ側の土手に柳があり、東山がぽつと雨に煙つて、所在なげの舞妓が私に語つたのである。宗右衛門町の富田屋の奥座敷から、芝居がかりの内玄関に降る雨を聞く春雨、梅雨、夕立、秋霖、時雨、それを地雨とも云ひ、村雨とも云ふけれど、雨の風流は五穀豊穣の兆であり、人生、人にものを想はせる潤ひの雨である。明るい晴天は何時までも続くにしくはないが、時には、春雨となり、時雨となつて遠く近く、我がこと人のことをしみ〴〵想はせる雨が我々には必要だ。私は庭の芝生に降る雨を眺めながら、十八年前日本を出発する時、雨の門司を船出したことや、それから十年後に矢張り雨の門司で故国の土を踏んだ雨の因縁を漠然と回想してゐる。

と、五大力の殺気を感じる。[23]

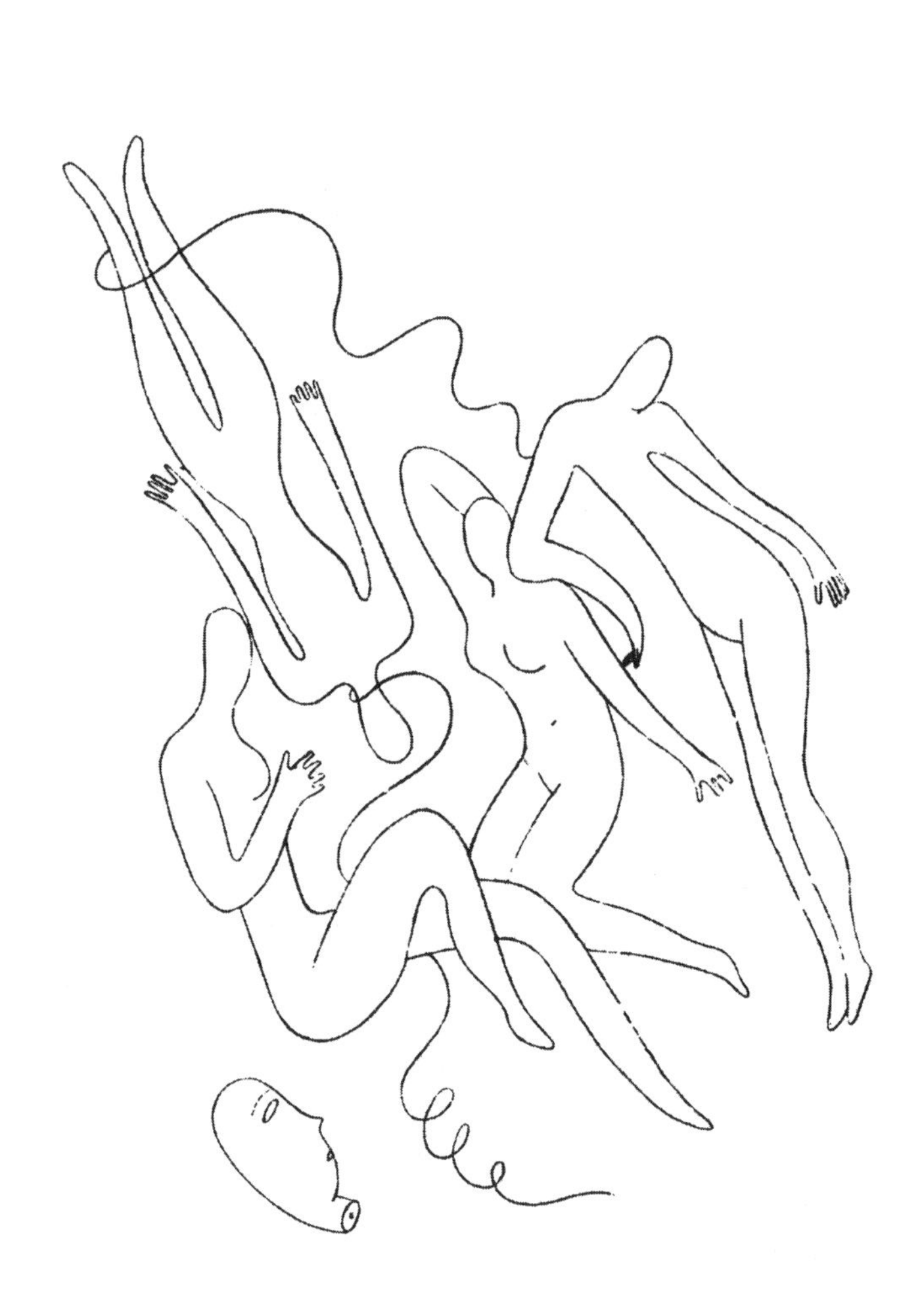

マネキンに惚れる

マネキン人形は無機物だから、云ひなりになる肢体の部分が不思議な感覚を持つてゐる。

生きた女の足一本を見た時に感ずる気持と、マネキン人形の足を単独で見た時に感ずる気持とを比較して見ると、マネキン人形の場合は、ひどくやるせない病的な情感がある。

私は巴里の有名なデパートの図案部で、仕事をしてゐた関係上、夥しいマネキンの倉庫に迷ひ込んだことがある。生きた人間には出来ない、奇怪なポーズや、露骨な恰好をした女たちが、薄暗いデツポの中でぢつとしてゐる。何百と云ふ女たちは全部裸で、生きた女の一番艶(あでや)かな瞬間をキヤツチしたまま、永久にぢつとしてゐるのである。

こんなところに這入り込んで来ると、相手が人形であると云ふことが解り切つてゐる癖に、あまりに露骨な手足故に、激しい羞恥を感ずる。

グラシアと云ふ雑貨屋の息子で、薬学校に行つてゐる十八の青年が、プランタンのウヰンドに出てゐるマネキン人形に恋を感じて、毎日通ひつめたといふ話を当人から聞いたことがある。そのマネキンは、一週間目ごとに衣類が替へられて、二十近くもあるウヰンドの何処かに陳列されるし、同じやうなマネキンが無数に並べられるのであるが、その中から彼の思ひ焦れた人形を探し出す時の、いらいらした気持や、やつと発見出来た時の嬉しさなどは、もの云ふ花には比較の出来ない、異様な激しさがあると云つてゐた。

大阪の四ツ橋附近に、マネキン人形の店があつたと記憶する。店のウヰンドに夥しいマネキンが陳列してある。

夜遅くそのウヰンドの前を通り合せた男が、静かな裸体の不思議な魅力に釘づけされてゐると、その中の一つが動き出して、ぱつとウヰンドの電気を消したのださうだ。こいつは少々怪談めいてゐるが、恐らく、夏の夜の寝苦しさに堪へかねた其処の娘が、マネキン人形にカムフラージさせながら、素裸で涼を取つてゐたのであらうと云ふ説である。私もあの種の人形に胸のときめきを感ずるタイプの一人らしい。

しろとのもでる

私はくろとのモデルがきらひなために何時も不自由する。どうもくろとのモデルにはかんぢんなものが欠けてゐるやうな気がしていけない。きのふまではほかの男の前で云ひなりな姿態をくねらしてゐた人間が、全然官覚の異つた私の前で、私の意志通りに今日はほかの様子をして見せる、その外面的な現象だけでも私には何となく滑稽に思はれる。

　ましてサンスの問題では何処まで行つても摑みどころがない。と云つて、私はほかの画家たちのやうにモデルをぢつと、一つのポーズで静止させると云ふやうな事はほとんどしないのだが、つまり椅子に腰かけたり、ベツドに寝ころんだりして無駄口をきいてゐるモデルとの関係が、精神的に云つてどうも私に親しみを起させない。

　結局へんにかんちがひをされたり、すかをくはせられたり、御機嫌とりとりしろとの女に来てもらつて、やつと仕事が出来ると云ふ始末なのだ。どうせこつちから頭を下げて頼み込む女だから悪からう筈はなく、仕事に思はず身が入つて、私は幸福になれる。が、そんな女はなかなか居ないものだ。


「あんたの眼、とても光るのね。」

「きみがあんまりきれいだから僕の眼が光るんだよ。」

「うそ、そんなこと、でもきつとすてきなこと、考へてらつしやるからだわ。」

「きみをきれいだと思ふこと以上のすてきな事なんかなささうだね……。」

「眼を光らせるつて、なにか変な事にも云ふんでしよ。」

「だから僕がきみに眼を光らしてるつて云ふのかい。」

「こわかないわ、それだつたら。でも、そんな意味ぢやなしにあんたの眼が光つて、あたしの顔をみつめると、ほんとはこわいの、息がつまるやうで。」

「歌でも唱ふんだね。そしたら。」

「そんな明るさぢやないわ、そりやとても冷たいし、あたしと云ふものを全然無視した残酷さでいつぱいよ。あんたの光る眼があたしの指をみつめるとあたしの神経は全部指に行くし、鼻をみつめるとあたしの全体がからつぽになつて鼻のさきに何から何まで吸ひよせられてしまうの、とてもくるしいわ。」

「可哀さうなモデルさん……それぢや今日はやめようね。」

そして私は朗かなジヤズを蓄音器にかけた。しかし彼女は苔のやうに憂鬱だつた。

私はこの始末におへない女学生の肖像が出来あがるまでの私の煩労を思ひ浮べた。そして何となく楽しくなつた。

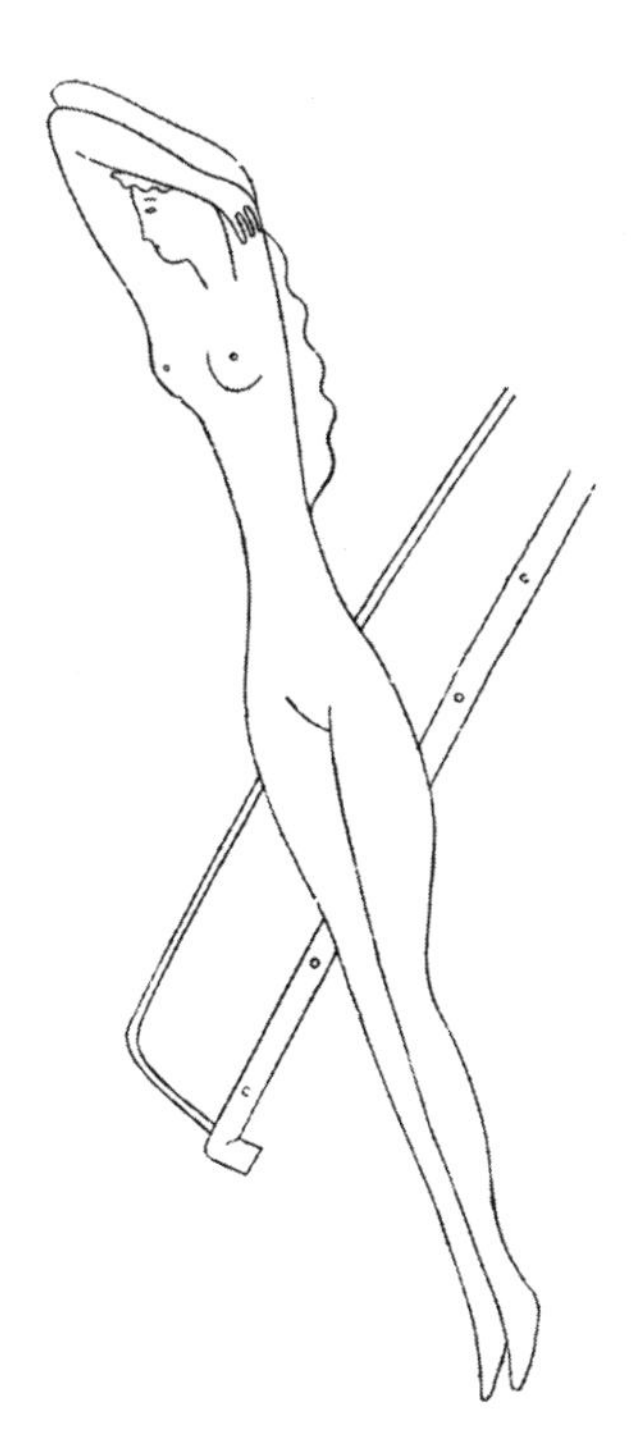

春とモデル

私が生れて始めて裸のモデルを見たのは十七の春だつた。ある研究所に行つて始めてモデルの前に画架を立てた時、かつと顔がほてつて今にも心臓が破裂するかと思ひ、絵を描くなどと云ふことは思ひも及ばなかつた。頭を描けば頭でつかちになり乳房を描けばホッテントット乳房になり、眼が眩んで埒もないいゝ有様であつた。金槌で自分の頭を叩くやうな、自分の自尊心に自分で唾を吐きかけるやうな、このやりきれない精神状態は何ケ月続いたであらう。それから二十数年の歳月が経つてゐる今日では、裸と云ふものにすつかり感覚が麻痺されてゐて、批判的な商売意識だけが妙に鋭く動くのである。先日も年少の友人数名と修善寺に出かけて、温泉に這入つてゐると、土地の者らしい女が同じ浴槽の中に這入つて来た。ところが、二人の友人は暫くすると周章てて飛び出し、後の一人は顔を真赤にしながら浴槽の中で唸つてゐた。「流石に度胸がある」と後でその人たちが云ふので、何ごとかと思つたら、若い女の裸を二人も眼の前にして、少しも動じない私の度胸に驚いたと云ふのである。二人は居たたまれず、一人は出るに出られず、鼻血の出る思をしたと云ふのであるから、私にして見れば寧ろ羨しさが先に立ち、改めて先刻の裸を思ひ出して見るのであった。落語で大店の若旦那が、大枚の金を使つて湯屋の番台に坐りたがつたり、三助に酒手をやつて女風呂の流しを買つて出たり、誰れそれの二階からは女湯が見えるとか、何処其処の温泉場は男女混浴だとか、男が寄れば女の肉体に対する猟奇的な穿鑿(せんさく)に落ちる、それが話の興味以上に進んだ情感を私に感じさせて呉れないのはなんたる因果であらう。それなら、今までに一体どの位の裸を見て来たかと云ふと、この返答はなかなかむづかしい。某日某所で女の話がはずんだ時、先輩藤田嗣治が、「僕は今まで三千人は知つてゐる」と云つた。無論この「知つてゐる」と云ふ言葉は、裸の女を見たと云ふやうな、そんな生優しい程度のことではないのである。その時は「藤田ならさもあらう」と聞きながしたが、その後三千と云ふ数字を分析して見てこれは容易ならざる数であると云ふことが解つた。一日一人としても八年と三ケ月弱かかるのである。うつかり懶(なま)けて一週に一人などと云ふことにすれば五十七年、短い一生では到底及びもつかない大事業になつて了ふ。恐らく藤田は、数知れずと云ふ意味を、三千と支那式に云つてのけたのであらう。モデルの場合も、無慮三千と云ひたいところではあるが、気に入れば半年でも一年でも同じモデルを使ふ我々であるから、人数にしたら僅かなものに違ひない。つまり数よりは質にこなされて了ふのである。一方、裸になるモデルの馴れも瞬く間だ。初心のモデルが一週間ポーズすればメー・ウェストになる。ただ、外国のモデルに比較すると日本のモデルは何処となく素人じみてゐて、仕草に多少の含羞みを見せ、休憩の時にむき出しで休む女も居なければ、こつちを向いて着物を脱ぐ女も居ない。この点は外国のモデルと非常に違ふやうだ。どうせ素つ裸になつて、云ひなりの型をつけるのであるから、何もこつそりズロースを脱ぐには当らないと思ふが、其処が女の悩しさとでも云ふのであらうか。風情があると云へばものも取りやうとも云ふことになる。私が一番モデルを使つたのは矢張り巴里に居た頃だ。巴里のモンパルナスやモンマルトルには公認のモデル以外にもぐりのモデルがうようよしてゐる。こんなのは要するに不良少女のルンペンで、良い鴨がゐる間は気随な生活をしてゐる。しかし一たん鴨に逃げられて了ふとその日から宿なしのルンペンに成り下つて、夜遅くなど軒別にアトリヱをノックして廻り、一宿一飯の替りにモデルでもなんでもやることになる。そのやうな女は、画家とモデルの共同責任、つまり仕事が完成するまでの責任などを無論持つやうな手合ではないから、制作の中途でも、他に面白い口があればそれなりだ。その替りこいつは良い鴨だと思はれたら百年目、だにのやうに食ひ下り憂目の果てを見せられることになる。日本ではモデル業が相当しつかりした統制を保つてゐるからあまり突飛なのには遭遇しないが、少し以前凄いのがあつた。外出から帰つて見ると、家の者が、約束だと云つてモデルが来てゐると云ふ。そんな約束をした覚はないので変に思つてアトリヱに行つて見ると、若い女が素つ裸になつて、すうすう寝息を立てながら寝てゐる。まるで見知らぬ女だ。これが一つの売込み戦術であつたのだから相当甘く見られたものである。若しそんなのが見所のない醜い女だつたら随分腹を立てたことだと思ふが、十八だと云ふその女はむつちりとした発育の良い体をしてゐて、寝息を立てながら寝てゐた恰好が甚だ魅惑的であつた。

モデルも花のやうに季節を持つてゐる。春のモデルは花の香に似た肌の香りを持ち、初夏のモデルはうすら汗ばむ桐の花の香りを持ち、夏のモデルは海の青さと深緑の吐息を持ち、秋には秋、冬には冬の、つまり植物的雰囲気をアトリヱに運んで来る。結局、私の気持から云ふと、美しい裸は既に肉体を超越した一種の霊魂であり、花の香りであると近頃は感ずるのである。

食慾は恋愛の絶縁体である

私の家へ芝を刈りに来た植木屋が三坪ばかりの畑を庭の隅に作つて呉れた。くろぐろした上からみどり色の葉が頸をそろへ初めると、私にはそれがひどくめづらしい事に思へて特殊な愛情が其処に湧くのをさへ感じた。

しかし、私の健康な心臓は晴れ渡つた蒼空を吸収して濶達な呼吸を続ける。気象台が素晴らしい好天気を予知し続ける。――

私等は毎日の二時間以上を汗みどろになつてパッスボールやバレーをやり初めた。

勢のあまつた私等のサンダルが、すこやかにのびそろつた畑の野菜を時には無惨に踏みにじる。

始めのうちはひどく気がさして、踏み倒された青い葉をあわてて起したりしたが、何時とはなしにそんな感情も鈍つて、蹴あげられた球を臆面もなく畑の中へ駈け込んでうけ止めたり、もう、私等は野菜の青さを完全に忘れ去つてゐた。

しかし、そのうちに冬が来る。庭一面が霜解けでストーブの火が私等をひどく室内的に結び始めると、また幾うねかの畑にあれほど蹂躙されたにもかかわらず、新鮮な青さを点列してゐる野菜を私は発見して驚いた。

そして、毎朝一株づつ引きぬかれる野菜は、朝の珈琲と焼麵麭（やきぱん）とハンディパッツの柔い味に飛びきり新鮮なヴヰタミンAを加味して私の食欲を亢進させた。

——あたしはあんたのおうちでいただいたサラダのおいしさにびつくらしてます。あれからすぐうちの八百屋が届けた野菜でこしらへてみたけれど、あたしはがつかりしました。またあんたのサラダがたべたい。けれど、朝のサラダはとまりがけぢやないといただけないわね……

朝の食卓で読んだ彼女の手紙。

私はピアノを稽古してゐる彼女の室に大きな紙包みをかかへてはいつて行つた。

——なんだかあててごらん。

——お花でしよ。薔薇の花、もも色の……

しかし彼女がその紙包みをほどくと、まだ土の香のする私の野菜が彼女を驚かせる。

薔薇の花と野菜は夢と現実、お姫様と百姓女の違ひがあつて、ピアノを弾く女の細い指にはちつともふさはしくなかつたけれど、薔薇の花弁を喰べて生きてゐるやうな彼女にも健康な食慾はある。

——まあ綺麗なお花……

と云つて、法則通りの花束を忘れなかつた訪問者の頰に、軽く口づけする彼女が、

——まあおいしさうなお野菜……

と云つて、前景を知らない人が見たらひどく滑稽に見える野菜をもつた訪問者の頰に、軽く口づけするとは決して考へなかつたが、すぐ女中を呼んで、泥のついたその紙包みを台所に持ち去らした場面的異例を発見して、私はひどく可笑さがこみあげた。

「あたしは銀紙で巻いた薔薇の花がすき。あれはあんたのおうちであんたと二人、朝たべるからおいしいの。あたしはやつぱり心臓で恋をする。」

こんな手紙を書く女の手紙に乗せられて、うかうかと泥のついた野菜を恋愛道の法則に割込ませると恥をかく。

若い女が恋愛と食慾を絶縁体にした。

私は、しかし、新鮮なヴヰタミンAを、云ふまでもなく毎朝享楽した。そして次第に取りつくされる畑には、もう一畝の青さを残すばかりになつた頃、私は一寸した用事で四五日の旅をして、家に帰つて見ると、きのふ今日の暖い雨ですつかり薹のたつた菜の葉に見事なカナリア色の花が咲いてゐた。

私は四五日留守をした間に見ちがへるほど春めいた庭を眺めながら、明るい胸を張つて、あしたの仕事を考へる。

「うちの菜の葉に黄色い花が咲きました　こんどあたしが、必ず薔薇の花でなくてはならないらしい花束を菜の花に替へて、心臓で恋をなさるあなたを訪問する場合、あなたのアイロニーがどんな風にあたしを狼狽させるか、楽しみにしてゐます。」

私は彼女に送るハガキの文面をこんな風に考へて、こつそり北叟笑んで仕舞つた。

春と花

季節のうちの春を私はあまり好まない。桜の花の咲く頃になると妙に気がいら立つて街の雑沓や濁つた空に文句がつけたくなる。季節の罪ではない、落着かうとしても落ち着けない自分に腹が立つのも一つの原因だ。子供のころ、よく家族大勢で花見に連れてゆかれた。あの花見の空気と云ふものが、そのころから嫌で、大人の世界に這入れなかつた。これは気質の問題で、このやうな方向は大人になつても変らないものだ。ごく小さい時、四月の幾日だつたか、満開の桜に大雪の降つたことがある。ぽつてり積つた雪の間から桃色の花がにぢみ出してゐた。あんなことは滅多にないことだらう。何か天変地異の前兆だと取沙汰するのを聞きかぢつてます〳〵凄惨な魅力を感じた。

その後、中学生の頃、飛鳥山の桜の下で、テキ屋風の男が三人の男に斬られる姿を見た。斬られた方の男は酔つてゐて、花吹雪の中を棒立ちになり、肩さきを斬られても無手のまゝ笑つて動かなかつた。私はすぐ間近で、茶番の連続のやうなつもりで眺めてゐたのであるが、腹を裂かれ、露出する臓腑を片手で押へながら相変らず笑つてゐる男の形相を見ると、足がすくんで動けなくなつた。

このやうな記憶は年と共に成長し、子供の眼に映じた幻夢の姿から手きびしい実在の姿となつて甦るものだ。その時の印象が埃をあびた桜の花に結びついて、今でも私に不気味な連想を起させる。

花はたつた一人で見る時が一番美しい。矢張り子供の時の記憶で秋草の一面に咲いてゐる茫漠たる草原に立つて、その有り得べからざる美しさに恐怖を感じたことがある。人里離れた山地に迷ひ込み鬱蒼たる樹木の間を分け出て、眼の前に開けた山の断面が、燃えるやうなつつぢに包まれてゐるのを見たことがある。その時も得体の知れない恐怖に襲はれて、背筋に冷水の走る感じを受けた。桜の花も、そのやうな情景で眺めたら素晴らしいだらう。

去年の春、やつと色づき始めた蕾の桜を、柏尾川の堤で眺めた。人つ子一人通らないあの蜿蜒(えんえん)たる桜の並木は人の心をしめつけるような一種の迫力を持つてゐる。私のやうな都会病患者は、静止したものの不思議と美しさを、人一倍感ずるらしい。外国にも春になると花祭があつて、花が街を埋めて了ふやうなこともあるが、しかし日本の花見のやうに、頽廃的な空気は無いやうだ。

花で飾つた自動車に美しい女が乗つて街から街へ練り歩く。花を投げ合ふ花合戦。花言葉と恋愛の懸け引き。——甚だ少女趣味に堕する感じもあるが、酔つぱらひがはばを利かせる日本の花見よりは清潔で良い。間もなく花の季節だ。花好きの私が、花を怖れて、花の無い世界へ逃げ腰になつてゐるのは花の罪だらうか。人間のゐない世界でしみぐ\と桜の花を見直して見たい。

少女三題

アトリエのルーフに出ると裏の松原が見える。松の葉越にちらちらするのは犬を遊ばせる少女のセーラーだ。ネロネロと犬を呼び、ボールを啣へた犬は矢のやうに少女の足元へ帰つて来る。彼女は口笛が上手だ。ヨーデルのメロデイを力一杯に吹く。私も力一杯に吹くのではあるが、彼女には聞えない。十六か七か、私のアトリエには松葉の香が流れて来るのである。

「朝起きて学校へ行くと、もうそれだけで体が綿のやうに疲れて了ふのよ。始業のベルが鳴つても裏山のベンチに腰かけたまんま動けないのよ。今日も遊ばせてね」と言つて彼女は私の家へやつて来る。ボレロをかけたりボワイエをかけたり、仕舞ひには庭に出てバドミントン・テニスをしたりする。「君そんなに元気があるんなら学校をづるける手はないぜ」と私が云ふ。青い空から落ちて来る羽根を受け返さうと身構へしてゐた彼女は「へんよ、どうもへんよ」と云つて苦味丁幾のやうな笑ひ顔をした。そのうちに彼女は肋膜になり、私と妻が花を持つて見舞ひに行つてやる。病室の窓に秋らしい陽脚がのびてゐた。

唇にほくろのある女は恋愛に幸運ださうだ。私は身近にゐる一人の少女にその幸運な記号を発見した。どんな恋愛をするかこの二三年が楽しみである。

マリイ・ローランサン[24]

ガラス張りの船底を持つた小型のヨットをセーヌ河に浮べたローランサンは、月のよい晩が来ると幻想の旅に出る――こんな一節を読んだことがある。ガラス張りの船底と云ふのが曲者だ。しかし、セーヌの河底には大下水をくぐつて流れ込んだ四ヶ月の胎児と、おびただしい護謨製品以外に何があるであらう。メロバンヂヤンの兜のやうに、銀の飾りボタンを光らせてゐるのは中央消防隊の兵隊靴だ。河岸の逢ひ引きにあの鋲底のどた靴では夢が破れる。恋人はペール・ラ・シエーズの女中さん。つい粗相して落したのがあれだ。もし腹の破れた鞄があるとすれば、オット・ダフィネのばらばら事件。破れた腹から左の手首だけが泳ぎ出して今だに行方不明だと云ふから、マリー・ローランサンが笑つてゐるかも解らない。セシル・ソレーユの夜会にローランサンが不思議なバックルをつけてゐた。コーテ・ディボアールの食人種が腰の飾りにぶら下げるやうな人の手――海のひとでは空に昇つてアンドロメダスの乳首になるさうだが、ローランサンの人手はモルグの蠟人形の手首のやうに蒼ざめてその夜の人々を驚かした。不躾な奴がなんですかそれは？　と云つたら、ガラス張りの船底を持つた小型のヨットをセーヌ河に浮べたローランサンは、月のよい晩が来ると幻想の旅へ出る——ともうすつかり暗記して了つた詩の一節をその返事替りに口づさむであらう。

　マリー・ローランサンは絵具の中にコカインをまぜる。粉雪のようなコカインはアトリエの大きな天窓からのべつに降りそそいでゐる。十歳の春からコカイン注射で色素を沈下させた少女が黒い猫を抱いてゐる。日蔭に育つた植物の蒼白い肌が少女にからみつき、ローランサンにもつれて果しなくひろがつてゆく。ピカソーはアイデイアを得るために阿片を弄んだ。ローランサンはサンティマンを得るためにコカインを弄んだ。今度は、彼女の別仕立てしたガラス底のヨットに乗つて、セーヌの河底を喘ぐ裸形のマリー・ローランサンを私が見る番だ。メロバンヂヤンの兜もないであらう。ダフィネの鞄もないであらう。しかし、おびただしい護謨製品の替りに、うす桃色と、うすみどりの恋文にもつれたマリーの蒼白い肌を私は発見する。マリー・ローランサン自体が絵になつた。不思議が起るのはこれからである。

ニースの太陽

ニースのプロムナード・デザングレーは冬でも豊かな日光がさんさんと降りそゝいでゐる。霧雨の降るまつ暗な日中を灯のついたバスや自動車が走つてゐる巴里から逃げ出して此処まで来ると、たちまち季節の観念がひつくり返つて了ふ。空も海も青く日に輝き、空気には何か甘美な花の香がふくまれてゐる。世界一の原料香水の産地グラスが何十万丁歩と云ふ花園をひと山向ふに持つてゐるからだらう。

海の中に突き出してゐるジュテーでルーレットの青タッピーをにらんでゐると時々波の音が聞えて来る。夜は冬の月とも思へない煙つた月が奥深くさし込むバル・ルームでムーン・ライト・タンゴを踊る。派手な花帽子をかぶつた二人娘が赤青黄だんだらの短いスカートをはいて花売りに来る。花の下には葉巻もあり、天国めぐりのプログラムもかくしてある。花籠を下ろせば御意次第、酔つてヴアンティミーユの夜這ひ節も唱つて呉れる。

ラヴヰオリにキャンティ。冬の無いミイディの女は何時も燃へるやうな熱情を用意してゐて、小麦粉色の肌を日にさらしてゐる。

アヴニュー・ド・ラ・ヴヰクトワールのカフェーが巴里のカフェーにそつくりだと思つたら、巴里で顔見知りの夜の淑女たちが其処此処にたむろしてゐた。彼女たちも季節が来ると太陽の無い暗い巴里を見限つて常に真昼のミイディに河岸を替へるのだ。

ミイデー。仏蘭西の言葉にトゥジュール・ミイディと云ふ言葉があるけれど、此処では、常に太陽と共にと素直な意味に理解したいところである。だがしかし、正午が長針短針共に上を指し、最も張り切つた時間であることを摑んで、男のぴんとした生理状態を表現しやうと云ふのだから如何にもフランスらしいものゝ云ひ廻しである。この言葉がニースに無関係だとは誰れも云はないだらう。つまり、ニースもトウジュール・ミイディなのである。

京都

　戦禍を蒙らない京都から、京都は日本第一の都会だぞと、しばしば云つて来た。原子爆弾が広島でなくて、京都であつても文句は無いのだが、あの美しい京都が残つて、昔通り鴨川の水の音が聞かれると云ふのである。

　戦後、最初に行つた時、碁盤縞(ごばんじま)の細い街をぶらぶら歩いてゐると、古めかしい店舗(ぽ)の軒に朱座と書いた看板がかかつてゐた。何を売る店かと覗いて見たら、棚の上に黒塗の桶が五つ六つ並べてあつて、人の気色がない。中に這入つて声をかけると、奥から眉の後の青々しい女房が出て来て、この店が朱肉を売る店だと云ふことが解つた。[25]栖鳳さんや大観の注文書が綴つてある帳面なぞを見せて呉れたりしたが、上等の朱肉を少々欲しいと云ふと、奥の蔵に這入つて、こちらが退屈するほど待たせた揚句、小さな黒塗の桶を大切さうに持ち出して来て、僅か許りを分けて呉れた。

　三千年の歴史がひつくり返へるやうな戦争が一方であつたのに、こんな種類の店が、時勢に何んの関連もないやうな姿で残つてゐるのは、如何にも京都らしく、美しい手つきで出して呉れたお茶の味が、舌に甘く、何時までも残つた。

しかし、一方、河原町や、四条大橋のあたりに出ると、何等戦禍を蒙つてゐないのに、ざわざわと落着きが無く、戦敗の味が一帯の空気に浸み込んでゐる、戦前一流の専門店が軒を並べてゐたあたりが、どれもこれも安手の御土産屋に早替りして、ぞろぞろと進駐さんが歩いてゐる感じは、焼跡の銀座と少しも変らない。

大体京都と云ふところは女性的で、都市の性格が何んと云つても弱々しく、其処に旅行者の愉しさが充分あつたのだが、近頃のやうな時勢の激変に会ふと、たちまちその弱さをさらけ出して、瓦礫の東京に追従してゐるところが一面である。京都は日本第一の都会だと、今なら誰れはばからず云へるのに、その本来の面目を奥に引つこめて、廃墟の東京が、慰安婦のやうに、安手の紅鉄漿(べにかね)[26]をつける様を、無批判に追従してゐるのは、世が世とは云ひながら情けない。もつとも、お公卿さまの手内職が今の世相だと云ふから、やんごとないお姫さまが、辻に立つて、パンパンさんのあの手この手を、見やう見真似で、真似てゐるのだとも解釈出来る。

あの頃、この頃

私がまだ少年の頃、青鞜社[27]と云ふ新思想の婦人結社があつて、女性の解放を叫び、五色の酒を煽つて街の話題となつた。その頃の新思想も今からすると普通のことで異とするに足らないが、釣鐘マントを着たり、男物の着物を着たりして、自由恋愛を謳歌し、若い燕を連れて街を歩いてゐた彼女らは、当時の人の驚異であつた。十年ほど以前に、矢張り婦人解放運動の先端を行く南京の若い女たちが裸体で街頭デモを行つたと云ふ話を聞いたが、日本の新しい婦人は其処まで徹底しなかつたが、男装して吉原でお女郎買ひをして、公娼廃止のデモを行つたり、相当な行動精神は持つてゐた。而もあの青鞜社の面々が裸体になつて街を歩いたらそれこそ百鬼昼行、見られた図ではなかつたらう。其処へ行くと支那の女は体のプロポーションが美しいから聞いただけでも充分魅力がある。日本の今の若い娘さんたちも、今、あらゆる新しい芽が自由にのびやうとする時なのだから高邁な意欲を何かの形で持つて貰ひたいものだ。ところで、その青鞜社のメンバーで、去年死んだ辻潤[28]の妻君の野枝[29]さんは、所謂思想的な発展によつて社会主義者の大杉榮[30]と結ばれた。野枝さんを知つてゐた私は、自然大杉榮とも知合ひになり、なんとはなく二人の下宿に入浸つたことがある。何時も下の四畳半に私服が二三人詰めてゐて、外出となると尾行した。その尾行をまくことがあの人たちの日課で、今日はどんな方法で尾行をまいたとか、まきそこなつたと云ふ話題を何時も聞かされた。私はまだ子供だつたから、社会主義の思想は何も解らず、また、そのやうな世界に飛び込んで行くほど切実な人生問題にも触れてゐなかつたから思想的なつながりを彼等に持ち得る筈もなかつたが、常々の人と違つた生活に不思議な魅力を感じて、何時の間にか足が其処へ向いたのである。その頃の社会主義運動と、今のそれとは随分違ふだらうが、古い記憶のためか、一つ一つのエピソードがロマンチックな色彩を持つてゐて、当面の人たちが極端な迫害に堪へ、好んで孤高の難路を歩んだ姿が絵のやうな美しさを持つて甦つて来る。私が仏蘭西のリオンに居る時、飄然として現れた大杉榮が、アンナン兵舎の側の支那料理屋に私を連れて行つて、酒に酔つて、兵営の高い石の壁にばんばんとピストルを試し撃ちしたのを憶へてゐる。野枝さんもあんな死方をして了つたが、野枝さんとしては本望だらう。

何時だつたか、福岡の郊外で野枝さんの墓を教へて貰ひ、道ばたの野菊を手向けたことがある。その頃は、野枝さんの墓だと知ると、唾をはきかけたり、もつと極端なことをする人が多かつたさうだ。何も野枝さんが人に嫌はれる社会主義者だつたわけでもないだらう。野枝さんは生娘のやうな情熱で大杉榮に惚れただけで、亭主の好きな赤烏帽子を見様見真似でかぶつてゐたのだと私は思つてゐる。その墓に奇妙なことをするのが大部分の日本人の感情だつたとしたら、大杉榮も地下で苦笑してゐるだらう。然しこれは十年も前の話だから、この世うつりで人の心も変つたに違ひない。ひよつとすると香華の絶間が無いほど人々に懐かしまれて、あの海に近い、老松のある墓地がやがては先覚者の名所となり、野枝さんの名が一つの誇となるかも解らない。風雨雪霜、人生のことは明日をも知らずと云ふが、変れば変るものである。青鞜社の頃は女の世界が家の中に跼蹐(きよくせき)されてゐたから、外界に眼を向けさへすれば問題はいくらでも出て来た。しかしこの頃のやうに、求めずして与へられる自由が多いと、その自由をどうして使ひこなすかが問題である。闘ひ取つた自由ではない。渇望の末与へられた自由でもない。だから穿き違へた自由が街の中に滔々と流れて、いろいろの問題が起るのだらう。しかし、これも一つの姿である。凡て道義の頽廃は国をあげてのことであり、ゆくところまで行つた悲喜劇の殻から斬新なものが生れて来るのを、ゆつくり待つ方がほんとの見方かも解らない。ただ、この崩れかかつた社会の中で、若い女の意欲が、物の後を追ひ、みぢめな色慾に転落して了ふのではあまりに貧困だ。デカダンスならデカダンスで、高邁な自意識を燃焼させ、若い女の足並が一つにそろつて逞しく動いて行くのだつたら何か生れて来るだらう。婦人運動は共産主義と、婦人参政権をめぐる政治運動だけではない。青鞜社のやうなものが次から次に生れて、明日の文化を帯同した美しい声が聞きたいものである。三合配給、住居衣類の問題を捨てて了つて、米もいらない、着物もいらない、私たちは裸で結構。しかし心の糧を与へて呉れと、南京娘のやうに大挙東京の街を裸体行進でもしたら、政府も狼狽して明日から三合配給を実施するかも解らない。窮乏のどん底にある今日と、野枝さんの昔を比較するのは間違つてゐるけれど、あの頃の社会運動には言語に絶した迫害があつたにもかかはらず、何か香りの高い余韻があつた。今は米塩のことが肌に浸み込んで了つて、反つて米塩を失つてゐるやうな点が必ずしも無いとは云はれない。一つ気宇を広く持つて三合配給を忘れやうではないか。若い女たちがこの日本を思ひ切り明るくしたら、男のサボタージも跡を断つだらうし、さうなれば米塩のことはたちまち解決されるだらう。

風変りの恋愛

まだ一度も恋愛をしたことのないやうな若い娘が、全部知りつくした風の達観を売り物にして、男の足をすくひ、妙に皮肉な笑ひを唇にうかべたりする。こんな娘たちは決して打撃を受けない強い自負心を持つてゐて、同性のあまい動きに激しい侮蔑の眼を向けてゐる。なんとなく明かるさが彼女を取り巻いてゐて、常にきらめきの中に目まぐるしく動いてゐるのだが、美しさがひどく精神的で男の我々が近寄り難い感じを受けたりするのである。

もう一歩激しくなると、理由もなしに自己嫌悪の感傷に溺れて疲れた娼婦のやうに人生を退屈する娘もゐるのだが、驚ろいたことには微塵も男を知らなかつたりする。

つまり桃色のリボンをひらひらさせた聖母マリアで、精神の堕落を享楽してゐる癖に肉は純潔を失はうとしない。

私はこんな少女を幾人も幾人も巴里で知つたのであるが、比較的高い教養と文化を身につけた彼女らの特異性が、巴里の熟し切つたフレームの中にだけ発生するのだとほとんど信じ切つてゐた。

私は揶揄（やゆ）されながら彼女等の美しさに引きづられて常にほんろうされ、心の痛みを何時でも感じてゐたのであるが、終戦後、瓦礫の東京の何処からともなく、わつと声をあげながら、そのやうな娘たちが現れて来たやうな気がする。

恋愛が一寸した思ひつきの精神労働であると感ずることさへ彼女らは敢て潔ぎよしとしないだらう。極端に精神の感傷をさげすみながら、聖なる光を肉体に感ずる訳でもなく、投げやりの無関心で肉体をさらけながら、常に純潔であり、その純潔を彼女は誇らうともしない。

これは一体虚無が生んだ放心だらうか。

私は近頃こんな女の美しさをしきりに感じ、この摑みどころもないもぬけのからの美しさは私をいらだたせ、あわてさせ、私自身が摑みどころもない虚無に落ち込んでゆく辛（つら）さわびしさを果てもなく感じるのである。

これも一つの恋愛だらうか。

しかし、この美しさはたしかに魔性のものに違ひない。

海

海のある夏を随分忘れている。

夏になると秋の制作を始めるので東京の暑さを心底に味合い続けて来た。

青い空を海と見て、アトリエのゆかに寝ころび、胸一ぱいに息を吸うのである。裸のモデルが歌をうたい、それが海浜のノスタルジーを呼んで来る。

じつと見ているとモデルの胸にも汗がにじんでいる。

戦争前の私のアトリエは庭が広い芝原だつたから、片すみにビーチパラソルを立てて冷たいハイボールでも飲みながら、海を連想した。海水着を着たモデルが芝原でバドミントンテニスをやり、水のシャワーを浴びて気分を出した。

今年は海に行こうと、いつもいつも夏が来ると考えるのである。

だが結局暑いアトリエにちつ居して、モデル相手の暑い夏を過してしまう。

それだからこそ海の魅力がこれほど私をとらえるのかも解らない。

今年も窓から流れる蒼空を海と見て、アトリエの中を泳ぎまわるだろう。モデルが人魚になり、裸身をくねらせて私を抱きすくめるだろう。そして手に手を取つて窓から海の大空に泳ぎ出し、東京の暑さを忘れるのである。

あの娘

夏になると海が恋しくなる。

まだ世の中が今より楽な頃、
季節が来ると色とりどりの海水着を
二打[31]も買ひ込んで
海の別荘に出かける娘がゐた。

毎日変つた海水着を着て浜に出る。

足の爪を赤く塗つて砂浜を走り廻り、
ウクレレを弾く若い男の子を集めて
上手に歌を唱つた。

風が吹いて月が上ると、
はるばる南の国の歌が聞へる。

砂浜に数限りなく残した彼女の感傷は
今何処に行つて了つたらう。

それからあらしのやうな幾年かがたつて、
同じ砂浜には荒々しい波が立ち、
心を抱きすくめるやうな
あの唄声を聞くよすがもない。

夏が来ると今でもあの娘を想ひ出す。
三日月に腰かけてブルースを唄つたあの娘を。

解説

跣足(はだし)の天使が舞う、コバルトブルーの空の下で

野崎　泉

東郷青児の絵画にまつわるエピソードのなかで最も好きなものに、「香水を一滴たらして画面全体に夢見るような雰囲気をもたらす」――というのがある。絵の具そのものに香水を加えていたのか、仕上がった画面に滴らせていたのか、資料からは判然としなかったのだが、なんとも彼らしい、うっとりするようなエピソードだと思う。

本書は彼の生誕一二〇周年記念展に合わせて実現した企画で、昭和を駆け抜けたモダンボーイ、東郷青児のもうひとつの横顔である。絵画作品に漂っていたのが、甘い花や果実の女性的な香りだとしたら、文筆作品はもうすこしスパ

イシーで官能的な、男性を感じる香りになるのだろうか。

個人的な話になるが、少女の頃からどういうわけか、画家の書いた文章が好きだった。東郷と同時代の画家の著作でいえば、パブロ・ピカソのへんてこな戯曲『しっぽをつかまれた欲望』や、マリー・ローランサンの乙女な詩集『夜の手帖』は、何年かごとに読み返すとっておきの愛読書である。東郷の師である竹久夢二の恋の詩にいたっては、絵画よりも好きなほど。画家の仕事というものは、基本的に描く対象を穴のあくほど〝見る〟ことから始まるから、その鍛えられた観察眼により、文筆の専門家とはまた違ったおもしろいものが書けるのだろうか？　と想像してみたりする。

東郷もまた、画家でありながら、その生涯に十冊ほどのエッセイや散文集を出している。あえていずれかの著作を復刻するというかたちにはせず、この人らしい詩的で夢幻的な作品にこだわり、「選集」として編み直すことにした。本にとっての洋服である装釘も、現代にふさわしいものをまとわせたいと一新したものである。絵画をより深く理解するための資料というよりは、軽やかな世界観を、ただただ、純粋に楽しんでほしいと願っている。

東郷が文章を書くようになったのは、七年に及ぶ滞欧生活から帰国した三十代のはじめだった。ジャン・コクトーの『怖るべき子供たち』などフランス文学の翻訳を手がけたのち、オリジナルの小説や雑文のたぐいも発表するようになる。当時、パリ帰りの気鋭の画家として注目を集めていた東郷だったが、四十代半ば頃までは画業だけで食べていくのは困難だったため、文筆は長らく生活の糧でもあった。しかし、東郷はこの仕事を心から楽しみ、「いずれは後世に残る作品を」との夢も抱いていた。『恋愛散歩』という著作のあとがきでは、「少年の頃から文学が好きだった。絵と音楽と文学の間に挟まれて、あまり豊でない少年期を夢のように過して来た」と語り、年を経るごとに身辺が煩雑になり、好きな文章をひねくる時間がなくなったと嘆いている。

本書では前半のⅠでおもにフィクションの要素が強いものを、後半のⅡでは「自伝的エッセイ」、および「文化人エッセイ」的な作品をセレクトした。ご覧のとおり、随所にフランス語や英語、最先端の文化や風俗にまつわる固有名詞がほぼなんの説明もなく散りばめられており、あきれるほど気障でスノッブで、彼の当時のスタンスがうかがえる。が、不思議といやみにならず、逆にそこがなんともいえない魅力となっているのは、芸術への献身的なまでに深い愛と、彼自身の率直な、憎めないキャラクターに依るところが大きいのだろう（なお、ストーリーやエッセイの主旨を理解するために、どうしても必要と思われるワードには注解を入れている）。

東郷本人を思わせる「僕」と少女たちとの、実体験とも空想ともつかないしゃれた「恋愛コント（小咄）」が多く、いわゆる〝男の妄想〟的なシチュエーションからおもむろに話は始まる。しかし、彼女たちは都会の小鳥のように自由で、決して誰かの意のままにはならない。そして、「僕」はむしろ、少女たちに惑わされ、振りまわされることを、楽しんでいるようにさえ見える。

ところで、これらの少女たちが、東郷画に描かれているメランコリックで儚げな乙女像とはややイメージが異なり、生き生きとして物怖じせず、さらに（昭和初期に書かれた作品とは思えないほど）アンモラルで挑発的なことにびっくりした読者も多いのではないだろうか。高価なダイヤをあざやかな手口で強奪してみせたり、ひと部屋を少女三人でシェアして（お人好しの僕に）ちゃっかりと部屋代を払わせたり……「若いったって、（人生を）食い飽きないとも限らないわ」とつぶやき、秘密クラブに所属してあぶないゲームを楽しむ少女もいる。本文中にも〝ちんぴらな小娘〟という言葉が出てくるけれど、まるで少女ギャングのよう。あるいは、個人的にこれらの著作を初めて読んだのが九十年代の終わり頃だったこともあり、当時渋谷を闊歩していた過激な〝コギャル〟のようだ……とも思った記憶がある。

これらの〝街の少女〟のほか、絵画モデルからインスピレーションを得たと思われるエピソードも多い。非現実的で抽象度の高い彼の絵は、モデルを使わずに描いていると思っているファンも多いようなのだが、実は創作においてモデルは欠かせない存在だった。そして、東郷は彼女たちの若さや可愛らしさのみならず、〝聖と俗〟が不思議に共存する精神性にも強く魅かれ、そのリアリティを自らの創作物になんとか反映させようとしていたのだ。

ところで、昭和十一年に東郷青児の文筆作品のみを集めた、なんと「全集」が出る計画があったということにも、このあたりでふれておきたい。底本である豪華な函入りの著作、『手袋』『カルバドスの唇』がその一部にあたる。昭森社という出版社から出ており、現在ではいわゆる稀覯本のたぐいになる本である。二科会の弟子だった吉原治良（じろう）によるあざやかな赤とブルーの斬新な装釘は、いまの感覚で見てもはっとするほどみずみずしい。東郷は自装しなかった理由について、「手縫の洋服よりはオーダーメードの晴れ着を着せたかつたのである」と説明している。

　しかしながら、第一巻の『手袋』が出た後、なぜか第二巻ではなく、第三巻の『カルバドスの唇』を先にリリースするも、この時点で発禁処分をくらい全集のプランは頓挫してしまう。同年に発行された昭森社のPR誌『木香通信』にはこの著作集の広告が載っており、発行されなかったタイトルをみると、第二巻『エロスと淑女』、第四巻『空気人形』、第五巻『お嬢さんは宿なし』と続く。あえて第三巻の『カルバドスの唇』を先にリリースした背景には、もしかしたら第二巻の『エロスと淑女』というタイトルが、警察当局を刺激してはいけないという配慮があったのでは？　とついつい勘ぐってしまう。現代からは想像もできないほど、公序良俗への政府の監視が厳しかった時代のことである。『本の手帖』（一九六一年七月号　発禁本特集）には、このときの顚末が東郷自身の言葉で詳しく語られており、雑誌に一度、発表して何の問題も起こらなかったものが、なぜ今さら発禁になるのか？　と自ら警視庁に抗議。すると、「淡い桃色でも重ね合うと赤くなる。この本の文章がばらばらでいろんな本に出ていた時はそれほどでもなかったが、一本にまとめると、許容量以上のエロ的雰囲気がかもし出される」と逆にやり込められてしまう。そんなこんなで、「今の感覚で云ったらエロどころか、甚だ健康的な読み物で、エロ味の点から云ったらおかったるいこと話にならないのだが、時代が時代だからこれも仕方がない」と泣く泣くあきらめることになったのだ。

　なお、この昭森社からその後の一九四〇年に出たはずの東郷の著作に、『星と菫』というのがある。「三日月に腰かけた恋愛陶酔」にも自らの恋愛観を指してこのワードが出てくるけれど、星菫派（せいきんは）というのは、夜空の星やすみれの花に託して、恋愛や甘い感傷をうたったロマン主義文学者のことである。そのような作品しかつくれない詩人を揶揄するニュアンスもあったといい、少女趣味、甘い通俗画に過ぎないという批判に常に晒されていた東郷が、（良くも悪くも）共感を覚えていた言葉だったのかもしれない。存在は知っているものの、実物を見たことのある人は皆無というまさに〝幻の書〟で、今回さまざまなコレクター、施設などにあたってみたのだが、ついに見つけることが叶わなかった。

本書を手にとってくださった読者のなかに、もしも所有しているという方がおられたら、ご一報いただけたら大変に嬉しいのだけれど……。

最後になるが今回、東郷の詩三篇と、「義手義足空気人形」「三日月に腰かけた恋愛陶酔」など、知られざる単行本未収録作品を掲載できたことを大変嬉しく思っている。東郷青児記念　損保ジャパン日本興亜美術館の主任学芸員である中島啓子氏に企画についてご相談したところ、所蔵品から貴重なスクラップブックを拝見させていただけることになり、二日間、西新宿に通って発掘したものである。「義手義足〜」はタイトルから推察するに、全集の第四巻『空気人形』に入る予定だったものだろう。スクラップブックからは古い紙が放つ過去そのもののような香りがし、雑誌や新聞に掲載された記事のほか、一九七八年に行われた東郷青児告別式案内状までもが大切に保管されていた。

このときに、美術館のある超高層ビルの四十二階から眼下に広がる東京の街を眺めていたところ、東郷の随筆集『明るい女』冒頭にある、こんな美しい言葉が思い出された。同書は戦前の昭和一五年に出たものの、こちらもやはり発禁処分となり、戦後に序文を追加するかたちで再版されたものである。東郷は少年時代から愛してきた懐かしい東京の街が戦災で無惨に消失したことにふれ、「我々はまた新しい東京を創るであらう。七彩の翼を持つた東京が蒼い空から花を播き、跣足の天使が中天を舞ひ、男がエナメルの靴をはくやうになるであらう。凡ては昔話となり、空想的な画家の絵筆か、詩人の馬鹿氣た記憶力に依る以外には曾ての東京は忘れられて了ふのである。私はこの本を死んだ東京への餞としたい。」と愛惜を込めて綴っている。

『明るい女』は東郷が装釘デザインを担当していた、コバルト叢書という、現代でいえば新書のようなシリーズ書籍の一冊である。戦前の装釘には、藍色に近いシックな青が使われていたのだが、戦後はすっきりしたコバルトブルーに一新されている。東郷はこの色に日本復興への特別な思いを込めていたらしく、「コバルトは希望の青空である。我々の空は、あくまでも澄み切ったコバルト色の青空でなければならない。（中略）明るい青空の下で、この本を讀んで下さい。」と結んでいるのだ。

　また、澄み切った青空と同じくらい、東郷は夏が好きな人でもあった。夏になると体力気力ともに充実し、「朝から血の出るようなビフテキが食べたくなる」「酒も八月の酒が一番嬉しい。日本酒を冷して、ビターを一滴たらし、セロリの白いのをがりがりかじりながら飲む味は、天下一品である」なんてことを週刊誌に語っている。しかし、展覧会が秋に開催される関係から、フランス風のバカンスに憧れながらも東京のアトリエにこもらざるを得ず、実際には「あの娘」などの詩に理想の夏を描いていたのだ。

東郷が愛し、焦がれてやまなかった夏。彼が活躍した高度成長期は、そのまま日本の青春期、夏の時代とも重なっている。そして、夏の思い出というものがいつでもそうであるように、彼の紡いだことばもまた、不思議な明るさと切なさを秘めて淡い光を放っているのである。魂を込めた仕事というものは、永遠に若いのだ。

円環のように時代は巡り、五十六年ぶりの東京オリンピックが二〇二〇年に控え、元号が昭和からふたつめに変わろうとしている現在、編者として、先のことばを東郷からの時空を超えたメッセージとして、現代の読者へふたたび手渡したいと思った。

「明るい青空の下で、この本を讀んで下さい」。

底本一覧

常若の乙女　出典・年代不明

I

四つ葉のクロバ　『恋愛散歩』鱒書房　1955（昭和30）年
窓から飛下りた薔薇　『ロマンス・シート』出版東京　1952（昭和27）年
あつけないラブ　『ロマンス・シート』出版東京　1952（昭和27）年
星のハウス　『手袋』昭森社　1936（昭和11）年
よるとひる　『手袋』昭森社　1936（昭和11）年
安南娘アンドレ　『恋愛散歩』鱒書房　1955（昭和30）年
窓のない女　『恋愛散歩』鱒書房　1955（昭和30）年
チョコレート　『六號列車の女』昭和書房　1947（昭和22）年
昼と夜　『いろざんげ』河出書房　1956（昭和31）年
桃色クラブ　『いろざんげ』河出書房　1956（昭和31）年
へれんの家　『いろざんげ』河出書房　1956（昭和31）年
女と花　『いろざんげ』河出書房　1956（昭和31）年

ぺてるとさぼてん　『カルバドスの唇』昭森社　１９３６（昭和11）年
兄と妹とサボテン　『カルバドスの唇』昭森社　１９３６（昭和11）年
カルバドスの唇　『カルバドスの唇』昭森社　１９３６（昭和11）年
義手義足空気人形　『新潮』第26年第8号、１９２９年（昭和４）年8月
三日月に腰かけた恋愛陶酔　『新潮』第27年第2号、１９３０（昭和５）年2月
東京の女　出典・年代不明

Ⅱ

夢二の家　『いろざんげ』河出書房　１９５６（昭和31）年
外国貧乏　『カルバドスの唇』昭森社　１９３６（昭和11）年
ニースの金髪　『他言無用』毎日新聞社　１９７３（昭和48）年
伝書鳩を運動させる紳士　『カルバドスの唇』昭森社　１９３６（昭和11）年
金魚　『恋愛散歩』鱒書房　１９５５（昭和30）年
雨　『明るい女』コバルト社　１９４６（昭和21）年
マネキンに惚れる　『カルバドスの唇』昭森社　１９３６（昭和11）年
しろとのもでる　『カルバドスの唇』昭森社　１９３６（昭和11）年
春とモデル　『明るい女』コバルト社　１９４６（昭和21）年

食慾は恋愛の絶縁体である　『カルバドスの唇』昭森社　１９３６（昭和11）年
春と花　『カルバドスの唇』昭森社　１９３６（昭和11）年
少女三題　『カルバドスの唇』昭森社　１９３６（昭和11）年
マリイ・ローランサン　『カルバドスの唇』昭森社　１９３６（昭和11）年
ニースの太陽　『苦楽』苦楽社　１９４８（昭和23）年１月
京都　出典・年代不明
あの頃、この頃　『藝苑』巌松堂書店　１９４８（昭和23）年５月
風変りの恋愛　出典・年代不明
海　出典・年代不明
あの娘　出典・年代不明

本書で使用した挿し絵は、おもに『手袋』『カルバドスの唇』（ともに昭森社）１９３６（昭和11）年より転載。表紙は『戀愛株式會社』モオリス・デコブラ・著、東郷青児・訳（白水社）１９３１（昭和６）年の函。本扉は『怖るべき子供たち　特製版』ジャン・コクトー・著、東郷青児・訳（聖書房）１９４７（昭和22）年の表紙。P.108は丸木砂土「國際男女聯盟」（出典・年代不明）の雑誌掲載時の挿し絵。

編者注解

（1）**フーゴー・ド・フリース**　（一八四八－一九三五）オランダの植物学者、遺伝学者。

（2）**××××××××**　発刊当時の一九三六年、公序良俗にふれるとして伏せ字となった箇所。他作品の伏せ字も同様である。

（3）**安南（あんなん）**　フランス統治時代のベトナム中部地方を指す歴史的地域名称。

（4）**セルジュ**　東郷はフランス滞在中、「セイジ」と発音が似ていることから、「セルジュ」という洋名で呼ばれることがあった。後年、この名は「カフェーなどに入り浸ってゐるにやけ男」の意味を持つことを知り、「さすがの私も聊（いささ）か照れて了つた」と語っている（『カルバドスの唇』序文より）。

（5）**おんねぷうべぱびいぶるさんざむうる**　On ne pouvait pas vivre sans amour フランス語で「人は愛なしには生きられない」の意味。前行の「人はパンのみで生くるにあらず」と同義と思われる。

（6）**ルドルフ・バレンチノ、ラモン・ナヴロ、ロナルド・コルマン、リチャード・アーレン、コンラッド・ファイト**　いずれも当時、主にサイレント映画で活躍した欧米の映画俳優の名。なお、P.99に登場する「コルマン髭」はロナルド・コルマンのトレードマークであった、短く刈り整えた口髭に由来する。

（7）**れぞんむなんそうろんりあん**　Les hommes n'en sauront rien フランス語で「人はそれについて何も知らないだろう」の意味。マックス・エルンストの幻想的でエロティックな作品タイトルからの引用。この思わせぶりなタイトルの絵は、一九二八年に出版されたアンドレ・ブルトンの小説『ナジャ』に挿画として掲載され、詩人の北園克衛もこの作品に注目していたという。（『シュルレアリスム絵画と日本――イメージの受容と創造』〈ＮＨＫブックス１１３５〉速水豊・著、二〇〇九年、日本放送出版協会より）

（8）**Curses-not loud, but deep.**　ウイリアム・シェイクスピアの戯曲『マクベス』からの引用と思われる。「声をひそめた根深い呪い」の意味。（訳は『研究社 シェ

イクスピア・コレクション7マクベス』大場建治・訳、二〇一〇年、研究社より）

(9) **フェコンダッション・アルティフィシェル**　人工授精の意味。

(10) **エウェールスの「アラウネ」**　一九二七年製作のドイツ映画『妖花アラウネ』のこと。科学者の手により、売春婦と死刑囚から人工的につくられた美女アラウネが、男たちを破滅させていくというストーリー。人工的生命というテーマは当時大きな話題となり、本作が発表された当時、『新潮』において、川端康成も「人造人間讃」という文章を書いている。（参考文献は7と同じ）

(11) 「**メトロポリス**」　フリッツ・ラング監督による名作古典ＳＦ映画『メトロポリス』のこと。

(12) **L'opium agrandit ce qui n'a pas de bornes,**
Allonge l'illimité,
Approfondit le temps, creuse la volupté,
Et de plaisirs noirs et mornes
Remplit l'âme au delà de sa capacité.
阿片は境界をもたぬものをさらに大きくし、
際限のないものを延長し
時間の深みを増し、逸楽を穿ちきわめ、
暗黒にして陰鬱なる快楽（けらく）もて
魂を、その容量を越えてまで満たす。
「悪の華」からの引用である。（訳は『ボードレール全詩集Ⅰ』シャルル・ボードレール・著、阿部良雄・訳、一九九八年、筑摩書房より）

(13) **藤田君**　画家の藤田嗣治（一八八六－一九六八）のこと。P.169とP.203にも登場。猫と女を代表的なモチーフとし、日本画の技法を取り入れつつ、「乳白色の肌」を持つ独特の裸婦像を生み出した。東郷と藤田はパリ滞在中に知り合い、帰国後も京都・丸物百貨店の大食堂壁画を競作するなど同時代の画家として親しく交遊する関係にあった。

(14) **Jardin des supplices**　邦題は『責苦の庭』。

(15) **il ne faut pas toujours dire d'un homme qui porte un pois on à la main : c'est un pêcheur !**（裁判官が盗人に言う言葉として）「魚を持っている男がつねに漁師

であるとは限らない！」の意味。

(16) **C'était atroce et trés doux, Embrasse-moi, cher amour……embrasse-moi donc!** 「残忍で、とても楽しかった。ねえ、あたしにキスして……ねえキスしてちょうだい！」の意味。

（14〜16の訳はすべて、『フランス世紀末文学叢書5 責苦の庭』オクターヴ・ミルボー・著、篠田知和基・訳、一九八四年、国書刊行会より）

(17) **masoch か Sade** 異端の小説家・ザッヘル＝マゾッホ（一八三六－一八九五）と、マルキ・ド・サド（一七四〇－一八一四）のこと。マゾヒズムとサディズムの語は、両者に由来する。東郷は彼らをいち早く日本に紹介した人物、秦豊吉と親交があった。秦はマルキ・ド・サドをもじった「丸木砂土」のペンネームで自らもエロティック小説を発表、「國際男女聯盟」など東郷が挿し絵を手掛けた作品もある。秦はわが国におけるストリップショウの発祥と言える「額縁ショウ」の生みの親としても知られ、美術面の指南役として東郷をスタッフに迎えている（『行動する異端――秦豊吉と丸木砂土』森彰英・著、一九九八年、TBSブリタニカより）。「額縁ショウ」は、東郷率いる二科展の前夜祭でも試みられ話題を呼んだ。

(18) **問題になつた僕の恋愛事件** 一九二九年、東郷が三十一歳のときに、当時十九歳だった海軍将校の令嬢・西崎盈子（みつこ）と起こした、凄惨な心中未遂事件のこと。何紙もの新聞が報じる一大スキャンダルとなり、大衆に東郷の名を広めるきっかけともなった。東郷は事件後、女性誌の求めに応じて手記を発表、「彼女は私にとって永遠の太陽である」と盈子への愛のことばで結んでいる。紆余曲折を経て、事件から十年後にふたりは入籍、同年には娘のたまみも生まれた。

(19) **「星と菫」** 星菫派（せいきんは）のこと。星やすみれに託して、恋愛や甘い感傷を詩歌にうたったロマン主義文学者のこと。

(20) **ミオゾティス** フランス語で myosotis、「わすれな草」の意味。

(21) **竹久夢二**（一八八四－一九三四）大正浪漫を象徴する画家。その抒情的な作風は〝夢二式美人〟と称された。中央画壇では黙殺されつつも圧倒的な大衆人気を誇り、詩や童話のほか、商業デザインの草分けの一人としても多面的に活躍。東郷は少年時代、たまき夫人の依頼で半襟や便せんといった商品の版下にするために、夢二の画集から絵を写す作業をしていた。のちに『私の履歴書』でこのときの体験を、「ぞくぞくするような光栄だった」と語っている。夢二は東郷にとって原点であり、永遠の指標でもあったと思われる。

(22) **パリのG・Fデパート** 「ギャラリー・ラファイエット」であると思われる。東郷はパリ滞在中の一九二四年から翌年にかけて、同デパートで装飾美術に携わり、室内装飾や壁画の素養を身につけた。

(23) **五大力** 「五大力菩薩」の略。または、歌舞伎劇「五大力恋緘(ごだいりきこいのふうじめ)」の通称。後者は、曾根崎遊廓で実際に起こった痴情殺傷事件がモチーフとなっている。

(24) **マリイ・ローランサン** (一八八三 - 一九五六)エコール・ド・パリの紅一点として活躍した画家。東郷はパリ滞在中、モンソー公園や社交の場などで彼女と顔を合わせる機会があったという。一九七一年にわが国で開催された「愛の叙情詩 マリー・ローランサン展」図録に寄せたエッセイで、東郷は「ローランサンのような特異体質の女流画家はもう現われないだろう。めっぽう明るいようで、案外うっとうしく、なんとなくノンシャランな『けだるさ』が好きで、私は彼女の絵をいまでも愛蔵している」と語っている。

(25) **栖鳳さんや大観** 近代日本画壇の巨匠、竹内栖鳳(たけうち・せいほう)と横山大観(よこやま・たいかん)のこと。「西の栖鳳、東の大観」と称された。

(26) **紅鉄漿(べにかね)** 鉄漿とは、いわゆるお歯黒のこと。紅と鉄漿で、転じて化粧を指す言葉。

(27) **青鞜社** 一九一一年、平塚らいてうを中心として結社された女流文学社、フェミニストの団体。機関誌『青鞜』を発行し、婦人解放運動を精力的に展開した。

(28) **辻潤** (一八八四 - 一九四四)日本におけるダダイスムの中心的人物の一人。

(29) **野枝さん** 伊藤野枝(一八九五 - 一九二三)のこと。青鞜社の担い手として活躍した、婦人解放運動家、無政府主義者、作家。夫であった辻潤を捨て、大杉榮の妻、愛人と四角関係を演じたのち、甘粕事件で憲兵に殺害された。

(30) **大杉榮** (一八八五 - 一九二三) 明治・大正期における日本の代表的アナキスト。自由恋愛論者で奔放な恋愛遍歴の末、愛人関係にあった伊藤野枝と家庭を持つが、入籍はしなかった。

(31) **二打** 打＝ダースのこと。二打は二ダース。

石井幸之助・撮影

東郷青児　とうごうせいじ

1897（明治30）年、鹿児島に生まれ、東京で育つ。
少年時代に大正浪漫の画家・竹久夢二の下絵描きをした経験を経て、
ドイツから帰国したばかりの作曲家・山田耕筰から西欧の新しい美術運動を
学ぶ。19歳で第3回二科展に初出品した《パラソルさせる女》で初入選し、
同時に二科賞受賞。24歳でフランスに留学し、イタリアの未来派運動に参
加したほか、ピカソや藤田嗣治ら時代の先端を行く画家たちと交流。
帰国後は「大衆に愛されるわかりやすい芸術」を生涯の目標に掲げ、
抒情的な美人画で多くのファンを魅了した。
1978（昭和53）年、旅先の熊本にて急性心不全のため死去。享年80歳。

野崎泉　のざきいずみ

歴史やストーリーのあるものを探求する編集者・ライター。
『天然生活』（地球丸）や『婦人画報』（ハースト婦人画報社）などで、
女性の暮らしにまつわる取材執筆も手がける。
編集執筆した本に『東郷青児　蒼の詩　永遠の乙女たち』
『鈴木悦郎　詩と音楽の童画家』（ともに河出書房新社）、
『わたしのつくる本』（創元社）など。
http://www.underson.com/bibliomania/

協力資料提供（敬称略）：
東郷青児記念 損保ジャパン日本興亜美術館
石井雄司、幸田和子（アトリエ箱庭）、宮下桃子
校正：坂井康史

戀愛譚　東郷青児文筆選集

二〇一八年三月一〇日　第一版第一刷　発行

著　者　東郷青児
編　者　野崎　泉
発行者　矢部敬一
発行所　株式会社創元社
http://www.sogensha.co.jp/
本社　〒五四一-〇〇四七　大阪市中央区淡路町四-三-六
電話　〇六-六二三一-九〇一〇（代）
ＦＡＸ　〇六-六二三三-三一一一
東京支店　〒一六二-〇八二五　東京都新宿区神楽坂四-三煉瓦塔ビル
電話　〇三-三二六九-一〇五一
印　刷　モリモト印刷株式会社

ISBN978-4-422-93078-7　C0095